轮椅是书里的东西，我从来没有见过，就像书里提到的船一样。下午船横在水面上，下雪时船上坐着的穿蓑衣的人，我脑子中经常想到这样的场景。

李丽正在离开

手指 著

山西出版传媒集团 ▲▲ 北岳文艺出版社
BEIYUE LITERATURE & ART PUBLISHING HOUSE

· 太原 ·

图书在版编目（CIP）数据

李丽正在离开 / 手指著 . —太原：北岳文艺出版
社，2019.10
（晋军新方阵 . 第六辑：晋军新六家）
ISBN 978-7-5378-5996-7

Ⅰ . ①李 … Ⅱ . ① 手… Ⅲ . ①短篇小说 – 小说集 – 中
国 – 当代 Ⅳ . ① I247.7

中国版本图书馆 CIP 数据核字（2019）第 167790 号

书　名：李丽正在离开
著　者：手指
策　划：王朝军　赵婷
责任编辑：赵婷
书籍设计：张永文
责任印制：巩璠

————

出版发行：山西出版传媒集团·北岳文艺出版社
地址：山西省太原市并州南路 57 号　邮编：030012
电话：0351-5628696（发行部）　0351-5628688（总编办）
传真：0351-5628680
网址：http://www.bywy.com　E-mail：bywycbs@163.com
经销商：新华书店
印刷装订：山西人民印刷有限责任公司

开本：787mm×1092mm　1/32
字数：126 千字　印张：7.5
版次：2019 年 10 月第 1 版　印次：2019 年 10 月山西第 1 次印刷
书号：ISBN　978-7-5378-5996-7
定价：52.00 元

探索与重建

——"晋军新六家"丛书序

杜学文

中国新文学已有百年的历程。百年间，中国文学发生了革命性变化，从传统迈向现代的步伐轰轰隆隆。尽管前行的道路充满曲折，但不容否定的是，中国文学伴随着中国社会的发展进步而发展进步。不仅涌现出大量的重要作家、重要作品，也从创作实践与理论研究两翼重建中国美学——在继承传统的基础上，吸纳人类审美有益成果，形成具有现实针对性的审美范式。

中国新文学的出现非一时之功。其肇始与中国追求变革、走向现代的历史潮流相应。但无可否认的是，新文学运动期间完成了中国文学由"旧"而"新"的转化。其变革动力，一是客观的社会要求——中国如何从文明的顶峰跌落之后，重回昔日辉煌；二是自身发展的要求——适应时代发展，对"旧文学"的批判、扬弃，以及对"新文学"的迫切呼唤。而最具影响力的是社会思潮中对科学与民主的追求，对人本主义的回归，以及先发国家文学资源的引进。这些催生了中国文学的革命性蜕变——新文学由此而生，进而开创了中国文学的崭新时代。

在20世纪之初的二三十年间，是中国文学引进、吸纳外来文学资源的重要时期。有很多在当时的中国人看来属于"新"的理论、观念、方法被译介，并转化成中国文学新的样式，初步奠定了中国新文学的基本审美形态与类型格局。从理论对创作现象的总结梳理来看，也取得了很多成果。但这一时期，中国新文学仍然处于初建与探索的阶段。其审美形态并未形成成熟的规范，还有很多问题需要从实践与理论等多个方面解决。比如，一个最为突出的问题就是，新文学虽然完成了新与旧的革命，但仍然没有完成其民族性的表达，以及被更广大的民众所接受的使命。这些问题的存在也实际上影响了新文学作品的艺术感染力与社会影响力。

尽管敏锐的人们已经从理论的层面提出了这些需要解决的问题，但中国新文学发生实质性的变化是借助于某种社会生活的机缘——抗日战争的爆发。面对民族的生死抉择，一个最迫切的社会问题就是如何唤醒广大民众，动员与组织民众投入到保家卫国的抗战之中。显然，那种不适应民众阅读习惯、表达晦涩曲折、强调人物内心世界的描写而忽略人物外在行为的表现方法与这样的社会需求有极大的距离。它们难以完成发动民众、激励民众，在瞬息万变的战争状态中鼓舞人们投入抗战的使命。作家们——特别是那些具有强烈的民族意识与使命感的人们，不仅纷纷来到抗敌前线，甚至直接投入战斗。他们在战火纷飞的前线创作，他们的作品总体上表现出简洁、明快、清晰、易懂的特点，具有强烈的理想情怀与战斗精神。也因此与民众的审美要求、社会心理一致起来。同时，他们更多地描写战争中普通人的命运——士兵、农民、城市平民与工人等等。这也使中国新文学关于"人"的意识发生了改变。人——千千万万、普普通通的你我他，成为文学的主人公。他们从不自觉到自觉，从无意识到有意识，从被动到主动，成为关系民族未来、国家命运的主角和主力。做一个不太准确的比喻，就是实现了从阿Q向小二黑的转变——不论在社会生活领域，还是个人生活领域。在这样的社会背景下，中国新文学完成了其民族化、大众化的使命。因而，也基本形成了比较完整、系统的审美形态。

新中国建立之后的中国文学，是这种审美范式的延续。一方面，她仍然保持了自身的开放性——对外来文学资源的吸纳，主要是苏联文学及东欧等弱小国家文学资源的吸纳。但是，这并不等于放弃了传统。事实是，传统文学中的表现手法仍然有很强很突出的表现。一些作品甚至直接借用传统章回体的形式。因而，从某种意义上讲，他们是文学传统与外来手法的统一体。另一方面，也仍然保持了至抗日战争时期形成的审美形态——理想信仰与个人命运的统一，社会进步与个人发展的统一，歌颂与批判的统一，普通人、劳动者在社会生活与文学作品中主体地位的确立，现实主义与浪漫主义的有机结合等等。但是，当一种范式成为一种程式之后，其局限性也逐渐表现出来。特别是经过一个僵化、简单化的审美阶段之后，这种局限表现得更为明显。随着改革开放的到来，整个社会的审美创造力被空前地激发出来。外来的哲学观念、创作思潮也次第而入。时代的变革为中国新文学的新变带来了历史的机遇。

几乎是在20世纪的一头一尾，中国文学先后经历了两次极为重要的剧烈变革。其中一个十分突出的现象就是对国外创作方法的借鉴与模仿。尽管从表现形式而言，这两个阶段有着突出的相似性，但二者仍然存在很大的不同。首先，从面临的任务而言，20世纪初主要是完成文学革命，而在新的世纪之交，主要是解放艺术创造力。其次，从创作实践来看，20世纪初乃是一种针对旧文学的初步的摹仿。而在新的世纪之交，则具备了更为明显的主动性、自觉性，是在新文学进行了大量的实践并基本形成其审美规范之后的再创造。再次，从其规模来看，前者不论是从译介的质量、数量诸方面看，都不能与后者相比。这固然得益于整个社会经济文化的快速发展，也与中国改革开放程度的扩大深化有关。总体来看，随着改革开放的不断推进，中国文学表现出争奇斗艳、各显其能的生动局面。文学创作的题材得到了前所未有的拓展，人物类型不断丰富，表现手法显现出向外与向内同时掘进的态势，文学作品的样式也空前丰富起来。如果仅仅从作品外在的形态与手法技巧等方面看，中国文学的现代性得到了极为充分的体现。

　　但是，文学并非仅仅是一种技巧。它还涉及对生活的认知、判断，以及其中所蕴含的价值观。最引人关注的是其对社会生活的表现，以及对人的塑造。毫无疑问，改革开放以来，仍然有大量的延续了中国文学传统，特别是抗日战争以来形成的审美传统的作品。但是，另一方面也出现了与外来文学，特别是先发国家文学表现主题相似的作品。这种现象的形成，从文学自身的变化来看，是对外来创作观念、方法的引进。从社会生活的变化来看，则是中国现代化进程的快速推进对人产生的影响。包括人在社会变革中的迷茫与不适应，社会结构的改变、利益的调整、人伦关系的重构等在人的外在物质世界与内在精神世界的作用。强大的现代化车轮滚滚向前，利益与欲望等物的诱惑日见显现。文学对这些生活中的变化进行了多样的表达。如果仅仅从多样化的角度来看，这当然是文学的一种进步。

然而，文学的现实是人们对这样的表达似乎并不满足。人们更希望文学关注自己生活中最迫切的问题，人们也更希望在现实的焦虑中寻找到存在的价值、前行的方向，希望文学能够拥有更多的读者。人们对那些晦涩的描写、缺少光亮的表达、只注重描写而忽略了叙述、不能表现生活质感与本质的文学不再激动，甚至冷漠。从文学自身的存在与发展而言，需要做出新的调整。事实上，许多作家也意识到了这种问题，重新回归传统与民间，以期从中汲取创作的营养。

中国文学在21世纪初，面临着真正步入现代化的挑战。这首先是中国现代化的进程步伐加快，对文学提出了新的时代要求。其次是中国新文学在经历了几乎是百年的实践之后，需要形成适应时代要求的成熟的审美范式。以民族优秀文化传统，特别是审美传统为根，在继承与创新的基础上，辩证科学地汲取世界文学的有益营养，面向当下中国现实，关注中国社会的发展与人的进步，创造能够为现实中国提供精神资源、价值引领、审美启迪的优秀作品与理论形态已经成为历史的必然要求。显然，我们的文学已经进行了多方面的努力，但我们还需要谨慎地判断——中国新文学在完成了其新与旧的革命，实现了民族化与大众化之后，正在向现代化迈进。

如果从这样的视角来看这套丛书，我们还是能够感到某种欣慰。收录在这套"晋军新六家"丛书中的作品，均由晋地相对年轻的新锐作家创作。在中国文坛，他们属于比较活跃且产生了积极影响的作家。当然，我在这里要特别强调，仅就晋地而言，也并不是只有他们显现出这样的积极姿态。除他们外，实际上还有相当一批人可以进入这个行列。我们将陆续向社会推介更多的晋地优秀青年作家及其作品。他们的创作，首先从一定程度上反映了中国文学的演进——希望能够形成具有现代意义的，富有现实针对性的，基于传统又呈现出开放性的审美范式。其次，我们也能够从这里感受到中国作家拥有的文学理想。他们并不是把自己的创作当作随意的尝试、把玩，而是希望通过自己的努力为中国文学贡献光热。对于他们而言，文学具有某种神圣感。他们对创作的严肃、尊重可圈可点。举一个极端的例子，其中有人认为自己的作品过不了自己这一关就宁愿好几年也不发表作品。这与那种浮躁的心态形成了鲜明的对比。其态度可见一斑。

　　这些作品表现了当下现实中国社会生活和人的精神生活的多种层面、多种状态，显现出文学极大的丰富性。现实感是这批作品最突出的特点。当然，他们可能不一定把更多的笔墨放在社会生活的重大事件上，但他们也并不回避这些。因而，在他们的作品当中，已经显现出如何把纷繁的社会生活，特别是具有重要影响的社会生活与人的日常生活，主要是最平凡、最普通的生活结合起来的努力。他们表现置身其中的人的迷茫、失落，物的挤压，欲望的诱惑，但总要在字里行间流露出源自生命的对生活的热爱、责任，并期望通过自己的描写为平凡的生活指出方向、出路。在他们的作品当中，人的价值并没有消解，而是从日常的细微之处冉冉而现，使我们能够看到希望、未来，给予我们生活的信心与力量。他们可能会汲取传统文化资源，如绵延至今的某种生活方式、价值追求，以及传统文学中的表现手法。但也毫不掩饰，他们对外来的文学资源也同样充满热情。这使他们的叙述不再是一种简单的情节交代，而是叙述本身就拥有了超越情节的意味与魅力。他们在叙述的同时，强化描写，在注重对人物外部存在描写的同时，深入人的内心世界，在具有真实意味的形象塑造中超越这种"意味"与"形象"。总而言之，在这些作品中，我们可以看到中国新文学在新的世纪，经过百年的实践探索之后，从创作层面重建中国审美的种种努力。对他们而言，这种努力也许是不自觉的。但就文学而言，却是极为重要的。也许，这种努力将被中国文学浩大前行的浪潮所淹没。但我们可以肯定的是，作为这浪潮中的水花，他们努力过，存在过，发过光，闪过亮。这已经是生活对他们的巨大回馈。他们还年轻，拥有无可估量的潜力与可能性。前路正辉煌。谁又敢武断地说，他们不可能成就为最具冲击力的滔天巨浪呢？

正因为有他们，以及千千万万为文学而努力的人们，中国文学才能不断进步，文脉永续，生长得枝繁叶茂并硕果累累。

2019 年 8 月 8 日 23 时 10 分，

"二青会"开幕之际于劲松

2019 年 8 月 13 日零时 24 分改于劲松

目录

大
酒
店

　　大概是从我老婆怀孕三个月开始，每天傍晚我都会沿着北大街散步。散步的原因，并不是为了锻炼，就是每天吃过晚饭，和老婆躺在床上看电视的时候，我就会有一种难以遏制的冲动，觉得十分压抑，有出去遛一遛的需要。有一天，天气寒冷，我出了门就低着头一个劲地猛走，突然间四周鞭炮齐鸣，把我吓得够呛，抬头便看见漫天的烟花，这一通意外的轰鸣，让我失去了把散步坚持下去的动力，我在那里站了一会儿，抽了支烟，然后就返回了家中，从此以后再也没有散过步。

　　烟花是一个酒店放的，又没有开业，为什么要放烟花呢？又为什么要搞在晚上，这一切都不得而知。这个酒店开建之时，就已经引起了附近居民的注意，因为这个酒店是个世界级的连锁酒店，它的建成，必将带动附近的房价提升，以及各种配套设施的完善。楼下的老年人，不止一次议论到这个酒店可能带来的利益。每一个人都有一些内幕消息。我楼下的邻居也跟我就这个问题交流过看法，那时候我刚搬来，因为卫生间漏水的缘故，早早就和楼下认识了。

为什么会漏水呢？楼下的中年人，牵着他家的狗，出现在我们的卫生间，他低着头，仔细地寻找可能的缝隙，他带的狗呢，鼻子也发出咻咻咻的声音。

最终，也没找到原因。我只好给中年人赔不是，对他表示，以后我一定注意。中年邻居就带着狗下楼去了。

从始至终，中年人脸上都没有什么不耐烦的表情，相反，他好像还有一点不好意思的感觉。因为这个缘故，我对中年人印象很是不错。

但是，我老婆对楼下一家的印象就很糟。因为，每当有人经过之时，他家的狗就会以百米冲刺的速度，撞到自己家的防盗门上，然后发出撕心裂肺的叫声。每一次都会如此，每一次都能把路过的人，包括我和我老婆，给吓一大跳。后来，每次一到四楼，我们就会精神极度紧张。问题是，在我们极度提防之后，那狗竟然有几次一声不吭。总之，这是一件很让人难受的事情。

漏水的事情并没有就此完结，过了几天，又漏了一次。这次出面的，是楼下的妻子。妻子的态度比丈夫的要理直气壮那么一点，她在观察了我家的卫生间之后，再三要求我们去看看她家的房顶，用她的话来说，水甚至滴在了她熬的稀饭里面。

我和我老婆就去了，他家房子的面积和我家是一样的，但是一进去，就感觉到极为狭窄。回来之后，我和老婆详细研究了一下，发现原因在于，他家的东西太多了，然后他还改造了许多。比如他家的厨房、卫生间和我家恰好相反。最重要的一点，他家并不是一只狗，这实在出乎我们的预料，他家的狗足足有三只之多。一套建筑面积六十平方米的房子，竟然三只狗和三口人住在里面，不拥挤是不可能的事情。

我和我老婆都不是爱狗之人，平日里见了遛狗的中年邻居，都是赶紧躲远，也不敢详细打量那狗的模样。

以前只是奇怪，这中年人怎么一直都在遛狗呢？早上在遛，晚上在遛，总之，我们每次经过楼梯，差不多都能碰到他在遛狗。

他可能是养狗赚外快的！我老婆一边跟我往外搬卫生间的东西一边说。他们也太不顾及别人的感受了吧！

东西全搬完之后，我和我老婆趴在地上检查了起来。卫生间很小，并不需要多长时间，我们检查了不下五次，仍然没有发现有什么问题。这房子是老式的，原先是蹲坑，在改造成座便时，原来的房主把卫生间垫高了许多，从外面进入卫生间，得上一个不小的台阶。那么，这么厚的地板，到底是哪儿出了问题？难道得把地刨了，重新做一遍防水？这个事情想一想都觉得麻烦，我和老婆最后决定，还是小心一点，不往地上弄水，就这么凑合着过吧。

说不定酒店盖起来，咱们这块就要拆迁了，我老婆这么说，现在没必要大动干戈。

如果是我和我老婆两个人，在楼道里一起碰到楼下遛狗的邻居，通常是不打招呼的。因为他专心地牵着自己的狗，狗奋力向前，他的动作显得有些吃力，眼睛只盯着脚下的台阶。但是，如果是我一个人，总觉得不打个招呼有些不好，所以，有时候我会问他，遛狗啊！他抬头看我一眼，脸上挂满笑容说，是啊，遛狗。

随之，他竟然拽住了狗，站在楼梯上，看着我，等着我说出下一句话。

我们先是聊了漏水的问题，他表示，最近一段时间，没有再出现过漏水。这让我松了口气，然后他就开始讲起了酒店。今天我去看了看，他对我说，看样子要完工了，说不定过段时间就会开业了，到时候咱们这块就好了。

我记得很清楚，那天是我第一次开始散步，遛狗中年人最后跟我说，咱们互相留个联系方式吧，以后出了问题，也好直接联系。我就把电话号码给了他，他也把他的给了我。当时他把名字告诉了我，但我没有记在手机上，而是写了个"楼下"，然后记上了他的号码。

跟邻居聊聊天也蛮好的，在大街上埋头赶路时我这么想。我小时候是在乡下度过的，邻居之间来往较多。现在住在楼房里，每一家都紧闭房门，来往自然就几乎没有了。直到现在，搬进来已经差不多三个月了，我们和对门的人还是一句话也没有聊过。

我那时候也没想到，自己会把散步坚持那么久。我散步的地方，是没有什么绿化的，也不经过公园，全是车，还有铁路什么的。还好的是，因为位置不是市区，并不会出现拥堵的状况，便道上也不会停满车辆。一路走起来都很顺畅。后来我发现，这附近大都是和我们那里一样的小区，从外面看上去，还好，但是一进院子，便会发现极为破烂，通常都有一堆堆垃圾，散落在每个单元出口不远。

刚开始在半路上，我是不会停下来的，就是一个劲地走，回到家恰好出一身汗。即使有一大群人聚集在那里，我也不会走上前去。让人们围观的，大部分时候是车祸，反正我没有见过其他情况。

不过后来，我在半路上停下来的次数越来越多，原因是我发现了一家卖羊肉串的，他卖的肉串很小，很入味。每次经过那里，我都会停下来吃二十串。这个羊肉串的位置所在，恰好可以抬头看见那个酒店的高大身影。老头老太太们坐在羊肉串摊点旁边的台阶上，我经常发现，他们其中一个的目光，会直直地盯着那酒店。很偶尔地，有人会发一句感慨，这酒店快了吧，另外一个搭腔说，应该快了。

有一次，我刚刚吃完羊肉串，准备继续向前走之时，突然间，传来一声巨响。循声望去，只见一辆电动车摔在路的正中间，而另外一辆电动车上的年轻小伙子低着头，用更快的速度往前冲去，连红绿灯都没能阻止他。那个摔在地上的电动车司机，是一个短头发的中年人，看见的那一瞬间，我就连忙移开了目光。这不是楼下的中年邻居吗？

跟他一样，这个中年人也穿着蓝色的工装，颜色已经有些泛白，但是看上去永远不会破损。他躺在地上，半天没有吭气。没有过多长时间，他捂着自己的脑袋站了起来，把电动车扶起，好像什么也没有发生似的，很快地穿过了红绿灯，消失了。

速度快得连围观的人都没来得及形成气候。

回到家之后，我和我老婆谈到这件事情，她对我说，不可能是楼下的，肯定是你看错了。为什么？我问她。她说，楼下的中年人，每天都是骑着自行车上下班的，从未见过他骑电动车。我老婆的语气很肯定，让我也产生了怀疑。当时的光线并不怎么好，我也没有细看，真可能搞错也不一定。这样一想，既然是一个陌生中年人摔倒在地，我没有上前帮忙，也并没有什么。心里顿时好受了一些。

但是第二天相见之时，中年人脑袋上的绷带明确无误地告诉我，我并没有搞错。

这一次，中年人仍然是拖着他的狗，在楼梯上跟我面对面相遇。他好像很兴奋的样子，看见了吧，上玻璃了！上玻璃？我一下子愣住了，这是什么意思。那酒店，中年人说，今天我看见有人拉玻璃过去，看来已经开始内部装修了。

他的语气感染了我，我对他说，还真没发现，我过会儿就看看去。

我亲眼看见的，一辆拉着玻璃的卡车，开进了围墙里。他这么跟我说。

酒店挨近马路的部分，全部被蓝色的铁皮给围了起来。那铁皮有一天被风吹开一块，把一个过路人给撞得半死。后来就换成了砖墙，不知道为什么，也刷成了蓝色。

我对狗所知甚少，在我上班的路上，有一个狗市，但是以前我从来没注意过。中年人养的狗看上去灰不溜秋，让我意外的是，这狗在狗市的标价，竟然是八千多块，并且还没有中年人那只那么大。

一只八千多块的狗，这让我对中年人产生了浓厚的兴趣。

但是到目前为止，我和中年人的交往都极为有限。我揣摩了一番，觉得他应该是在一个工厂里上班，工厂的效益普通，他已经在这个工厂干了许多年了，不知道为什么，我就觉得他是那种在一个地方待下来，就不会再挪窝的人。至于他老婆，我觉得可能是一个小企业的会计，因为她长得和我原先上班的一个公司的会计十分像。我能揣摩的也就这么多。

我没有想到的是，很快，谜底就揭开了。

刚住进这房子的时候，我们买了一张软床。当时我老婆的态度是反对的，她觉得软床不舒服。但是我坚持要买。我对她说，怎么会不舒服，如果不舒服的话，怎么会有那么多生产软床的厂家，又有那么多的电视广告。说老实话，我十分想要一张软床，因为我之前从没睡过。我只是在电视上看到过。每当看到这样的床，我就觉得它代表的是我所没有的那种东西。

可惜的是，事实告诉我，软床确实不舒服，当然也许是我们买得太过便宜的缘故，我相信，如果是上万块的软床，应该还是很舒服的。

坚持睡了半年之后，换床的事情被提上了日程。我们必须换一张木头床，必须！有一天睡觉起来，我老婆几乎是咆哮着跟我说。她的态度告诉我，这一次我没得跑了。我本来打算是去家具城买的，但我老婆说，家具城的床都太贵了，两千多根本买不到好床。她已经打听了一番，在我们住的附近，有一个城中村，里面全是卖家具的，并且是现做现卖，质量非常好。

事实上，并没有如同我老婆说的那么近，我们开了将近半个小时的车，爬了一个很大的坡，才到了那个城中村。

果然，一进村我们便看见许多的加工家具的牌子。转了一圈之后，我们发现这里的家具样式大同小异，价钱确实十分便宜。我和我老婆挑来挑去，选了其中一个，两个中年女人，把床板掀起来之后，下面都是巨大的抽屉。这让我老婆相当满意。之前的床因为下面不能储物，被我老婆抱怨了好久。

既然挑定了样式，接下来自然就是讨价还价。对于这一点，我实在是不太在行，我老婆也好不到哪儿去。每次之所以走这个程序，都是一种习惯，结果并不重要。两个中年女人照例一堆说辞，我们的床已经很便宜了，不相信你去那些卖场看看，咱们的质量肯定不会比那儿的差的，甚至有许多卖场的床，都是我们给供应的。总总总总之类，我老婆没话说了，她把脸扭向我，我正准备向她点头的时候，突然一个身影从门外走了进来。

我们都把目光落在了他的身上，各自的表情不尽相同。两个中年女人，脸上十分平静。我老婆和我自然十分惊讶，这个人竟然是我们楼下的邻居。

哎呀，楼下的邻居显得有点激动，你们这是干什么呢？买床？

我老婆比他还激动，陈师傅，你在这里上班？我老婆竟然记得这个邻居的姓，这一点让我极为惊讶。接着她的话更加让我大吃一惊了，陈师傅，既然你在这里上班，那可得给我们打个折，便宜一点啊。怎么能提出这样的要求呢？我觉得实在是太过分了。

没想到，陈师傅马上就答应道，这个当然了，挑上哪张了？

让我意外的是，陈师傅根本没有和那两个中年女人说话，马上就给我们便宜了三百块，并且还给我们找了一辆送货的车，只收五十块的送货费。这一切都比我们预料的要便宜得多。

在回去的路上，我老婆对我说，陈师傅这人挺不错的，咱们也得表示一下。怎么也得送盒烟表示表示。

于是当天晚上，我第一次敲响了楼下邻居的门，开门的是陈师傅，他腰间系着围裙，手里拿着铲子，分明是正在做饭。我也不好进去，拿了一盒烟塞给他。他死活拒绝说，我不抽烟的。我说，那你也得拿着。

总之，现在我知道了，陈师傅姓陈，是一个木材厂的工人。其他的也没有更多的了解。

陈师傅也没有表现出跟我们更进一步的意思，碰见的时候，显得比原来更加疏远了一些似的。这个实在是太奇怪了一点。有一天，我老婆对我说，是不是咱们表示得不够？我问她，你什么意思？我老婆说，陈师傅帮咱们省了几百块，咱们却只给了人家几十块的一盒烟，这样陈师傅才疏远咱们的吧？

肯定不会！我对我老婆说。

不知道为什么，我老婆说，现在见了陈师傅，我总有点亏欠的感觉，总觉得应该热情一些，但是他的表情又让我热情不起来。

我们把新床换了之后，马上便发现了新床的好处，一是新床不会响。我老婆说，这是因为新床是榫卯结构的，不像那些用钉子固定起来的。二是新床睡起来很舒服，硬邦邦的，一觉睡到天亮中间都不会醒一次。三呢，新床的储物空间实在太好了，被子啊，过季的衣服啊，放进去完全没有问题，家里显得整洁了很多。

冬天很快来临了，连着下了几场雪。下第一场雪的时候，我还在坚持自己散步，院子里本来是土地，平时垃圾遍地，看上去很糟糕。但是一下雪，看上去就整洁了许多。

对面的大酒店，完全失去了动静。早上我在院子门口的大排档吃早餐时，听见两个老年人的议论，一个说，这酒店大概得拖好多年了。另外一个说，你别瞎说，只是因为天气太冷，混凝土不能凝固，所以才停止施工的而已。反正，大酒店灰突突地耸立在那里，没有了任何反应。

接下来，就到了鞭炮齐鸣的那个晚上。在刚开始，我就说过，当烟花在空中闪亮之时，我停止了散步，在原地看了一会儿。烟花固然漂亮，但看了没一会儿，我的目光就落到了附近人的身上。周围的人不多，有一对情侣，看上去年纪还很小，站在不远处，他们拿出相机，对着烟花拍个不停。我收回目光，就看见了我的楼下邻居。

我很少见到楼下一家三口一起出动，这是唯一一次。陈师傅弯着腰，用手在地上扒拉。他们的身后，是一家正在装修的咖啡馆，随着大酒店的建设，周围突然多出了些咖啡馆西餐馆之类，陈师傅所对的，应该便是这家咖啡馆装修的废料。他的旁边，站着老婆和女儿。他的女儿看上去大约十四五岁，但是身高已经高过了陈师傅。女儿穿着校服，脸上和她肥胖的母亲一样，露出厌烦的表情。

烟花正在我们头顶闪耀，但是陈师傅连头都没有抬一下。他掂量着那些废料里面的木头、钉子之类的东西，能放进口袋的，就放进了自己口袋，不能放进口袋的，就拿在手里。他手上戴着那种白色线手套，已经完全发黄。

女孩的母亲，嘴里正在劝阻陈师傅，但是陈师傅没有丝毫停止自己动作的意思。

你有毛病啊你！突然间，尖锐的叫声，如同炸弹一般响起。所有经过的人，都把目光落在了看上去有些歇斯底里的女儿身上。

她浑身颤抖，双手来回挥舞。

陈师傅并没有停下自己的动作，他仍然弯腰在那里扒拉那堆东西，仿佛身后的母女两人，跟自己毫无关系似的。

我连忙拐进附近的商店，假装买烟，一直到陈师傅一家离开之后，我才回的家。那对看烟花的情侣，竟然仍然待在远处，他们哈哈地笑着，不知道为什么事情那么高兴。

之后，一切并没有什么改变，楼下的三口仍然是早出晚归，他们从不会同时离开，也不会同时回来。唯一的共同点是，每天晚上，他们都会扛着自行车，从一楼爬到五楼。当夜幕降临之时，陈师傅就牵着他的狗，偶尔碰上，我们随便聊两句，然后陈师傅就被狗拽着离开了。

开了春之后，我就变得忙碌了起来，因为女儿降生了，是的，跟陈师傅一样，我们家也生了个女儿。

有一天下午，孩子刚刚入睡，突然传来了敲门声。敲门声并不大，但我已经是草木皆兵，只害怕把孩子给吵醒。连忙打开，陈师傅站在门外。我的第一个念头就是，卫生间一定又漏水了。

还好的是，陈师傅并没有带来坏消息。他站在门口，脸上挂着不自然的微笑，对我说，孩子睡了？这样的话实在出乎我的意料，要知道此前，我抱着孩子上下楼梯数次，也曾碰到过他，从未见他说过什么，他不像别的邻居，即使原来没有说过话，也会跟我们打个招呼，看看孩子，然后夸赞一番。

我还没看过你家孩子，陈师傅说，睡了就算了，改天我再来看。

我客气道，要不要进来坐坐？

陈师傅马上摇头，不用了不用了，不要把孩子吵醒，我可是知道，小孩子被吵醒了很麻烦的。

他回过头，蹑手蹑脚地朝楼下走去。

孩子两个月的时候，我恢复了每天散步的习惯，但是不再是沿着固定的路线，而是出了门随便走。时间仍然是每天下午六点左右，白天逐渐变长，我走到街上的时候，四周还是亮着的，当我往家返回时，天就黑了下来。

春天的一天，我走到了大酒店的楼下，天气早已不再寒冷，稍微走一走，就会出一身的汗。这样的温度，混凝土应该能够凝固住了吧。我这么想，但是大酒店仍然没有丝毫动静。我突然想到这个大酒店会不会是烂尾楼，窗户上仍然没有玻璃，黑乎乎的窟窿，风吹过时发出很大的声响。

四周的人并不多，因为大酒店到处堆放材料的缘故，这条路变得狭窄，再加上上次行人被铁皮撞上的事情，现在人们宁愿绕道而行。

在我回家，经过陈师傅门前时，陈师傅的门突然开了。听着就是你，陈师傅对我说。我并没有停下脚步，光线从陈师傅身后射来，看不清他脸上的神情。嗯，我对陈师傅说，散散步。你上楼梯的脚步很快。让我意外的是，陈师傅并没有结束谈话的意思，相反，他走了出来，把防盗门反锁上了，很快就靠近了我，然后递过来一支烟。自从女儿降生之后，我就从来没在家里抽过烟了。现在我也是这么打算的，在楼道里把烟抽完，然后再敲响家门。

陈师傅把我和他的烟点上。我问他，是不是有什么事，怎么你也抽开烟了。陈师傅说，瞎害。在陈师傅点烟之时，我发现他的手抖动得厉害。我得去看看你家孩子，我俩一边说一边往上走，现在正处于我家的防盗门外。

陈师傅已经把手里的烟掐了。我猛吸几口，把剩下的半截扔到了地上。

回到家，我才发现陈师傅今天并没有穿他的工装，而是换了一身西服，脚上的皮鞋显得十分明亮。我老婆看见陈师傅的时候，不由愣住。陈师傅说，我来看看孩子。孩子正躺在床上，神奇的是，她没有声嘶力竭地大哭，陈师傅加快脚步，弯下腰，他一动不动地盯着孩子，就好像在研究什么东西似的，过了足足有差不多一分钟，陈师傅终于站了起来，我发现他的额头上竟然出了一层细细的汗珠。

生个女儿挺好的，陈师傅说，现在这个社会，养女儿挺好的。床怎么样？睡得舒服吗？

我说，挺好挺好，比原来的好多了。就在这时候，我老婆端着一杯水进来了，她对陈师傅说，坐下嘛陈师傅，不要站着嘛。

陈师傅坐在了床边的沙发上，他端着那杯水，喝了一口，然后放在了茶几上。他的目光直勾勾地落在我的身上。

是这样的，陈师傅终于开口了，家具厂那里，我已经辞职了，在那儿那么多年，每个月的工资都很少，我老婆怂恿了我好多次了，本来准备开个熟肉店的，好多年前我就有过这个想法，但是因为大酒店嘛，怕是刚刚租上房子装修完，就要拆迁，到时候就亏大了。现在我在家待着。

陈师傅一口气说了这么多，我也不知道该接什么话的好，这些话我觉得如果是坐在酒桌边，两个人面红耳赤地交谈，倒是挺合适的。但是现在，感觉十分怪异。

　　辞了也好，我小心翼翼地说。

　　陈师傅大幅度地点了点头，我也这么觉得，旧的不去新的不来。

　　我忍不住了，对陈师傅说，陈师傅，有什么事情你就直说吧。

　　陈师傅猛猛地吸了一口气，你家女儿要不要买一份保险？我现在跑保险呢。

　　在孩子出生之前，我和我老婆就已经准备给孩子买保险了，我们还在医院的时候，有卖保险的找上门来，当时觉得，反正这件事迟早得弄，就交了钱。当我们把情况告诉陈师傅后，他倒是放松了下来，说了几句客套话，很快就告辞而去。

　　大酒店要烂尾的消息，不知道从哪儿传来，已经好几个月，大酒店没有任何进展了，忘记是哪一天晚上了，我再次散步到了大酒店楼下，但是并没有停住脚步。突然一阵撕心裂肺的犬吠声传来，接着一道黑影从大酒店围墙铁门的缝隙里一跃而出，我被吓了一跳，连忙躲开。

过了好一会儿，我的心跳才平息下来，此时我才发现，自己已经跑出了有五百米的距离。昏暗的灯光下，一条狗正一瘸一拐地往我相反的方向飞蹿。

一道有点笨拙的身影，从铁门里钻了出来，一声不吭，向着狗的方向追去。

一人一狗，正是陈师傅和他家的狗。陈师傅手里拿着一根棍子，他健步如飞，很快就追上了那狗，不停地抡着棍子，向其打去。

很快，他们就失去了踪影。陈师傅并没有发现我。

在黄村

1

中午一点，太阳把操场晒得微微晃动着，操场周围密密麻麻的杨树叶子一动也不动，一小块玻璃闪了一下光，然后消失了。李东站在生锈了的单杠旁，他的脖子僵硬着，因为一动就会挨着湿透了的衬衣领子。他在这儿站了好久了，一直盯着对面的女生宿舍门，一块黑漆漆的小长块。李东想，这是最后一次了，我再也不会来这里了。

这里是王城幼儿师范学院，李东的女朋友王敏在这里读书。一年前，李东从王城师专毕业，回到夏县李镇黄村小学当老师，从那之后，他几乎每周六都会来王城，周日下午再回去。刚开始挺好的，每次来了李东在学校后面的城中村租一间带电视的房间，他们待在屋子里看电视，只吃饭的时候出来。但持续了两个月后，情况发生了变化，会突然出现个意外，比如王敏的高中同学来，所以她不能陪他。再后来呢，王敏告诉李东，要他不要每个星期都来，太费钱，再后来，李东来了，却见不着王敏，她们宿舍的人都说不知道王敏在哪儿。李东下过决心，再也不来找王敏了，但是到了星期六下午，他躺在床上，想到接下来的一天半，就要这样躺在家里，就感到害怕，于是就又来了王城。有时候他想，去了王城，我可以不去找王敏，我在别的地方待着。但是这样的决心也没用，一下东山汽车站，他很快就会涌上希望来，说不定这次王敏正等着自己呢，于是就又来了。

李东抬起手捋了一下头发，头发很烫。手拿下来时，再次变得湿漉漉的。女生宿舍门那里走出来一个身影。李东心跳加快了。不过很快，他就辨别出，那个身影不是王敏，也不是徐丽。徐丽是王敏一个宿舍的，刚才李东在操场上碰到她，托她去看看王敏在不在。

那个身影绕道操场旁边，在杨树的阴影下往这边走来。其实，李东也完全可以站到杨树的荫凉里等。刚才他也出现过这个念头。但是他还是站在了太阳底下。滚烫的阳光甚至让皮肤觉得微微刺痛。他老是觉得，王敏应该就在某个能看见他的一个地方待着。他的目光从对面宿舍的窗户上一扇一扇地划过。如果我就这么一直站下去，她会不会出来见我？李东想。

徐丽出来了。李东看见她并没有绕道荫凉处，而是直接穿过操场走来。她低着头，并没有看李东。

在和王敏谈恋爱的这两年，李东来王城幼儿师范学院无数次了。但是此刻，他感觉到这个地方在排斥自己。这两年里，李东和王敏宿舍的人都认识了，他们还一起吃过好几次饭。和徐丽接触得尤其多一些，徐丽和王敏不仅是同学，还是同一个地方来的，所以她们两个的关系最好。王敏给李东讲过许多徐丽的事情。比如徐丽早就打算，一定要找个王城本地的人结婚。所以她拒绝了好几个条件还不错的男生。李东还能记得王敏的语气：她就是为了钱哪。

但是即使是这么熟的徐丽，跟李东说话时也和原来不一样了。她走到李东旁边，眯着眼睛说，王敏不在，没人知道她去哪儿了。李东张开嘴，但是没说出话来，他把目光看向别处，停顿了一下说，那好吧，那我就回去了。

李东想等着徐丽先走，一般情况她们急匆匆地跟李东说完上面的话后，都会转身跑着往宿舍返。让李东意外的是，这次徐丽并没有离开。李东看向徐丽，见徐丽皱着眉头看着他。你是不是还没吃午饭？徐丽问，我请你吃饭吧。

学校的后门开在一个城中村里，两边全是饭店，广告牌挤在头顶。饭店没有窗户，光线来源只有门，墙上挂着电风扇油腻腻的。李东感觉到衣服整个都贴在身上了。以前，李东和王敏也来过好几次这个饭店。李东想起来，自己第一次喝啤酒就是在这个饭店。还是王敏硬让他喝的。李东说自己从来没有喝过。王敏给他要了一瓶。李东硬是把那一瓶全喝了。整个下午都晕乎乎的，还吐了。

其实我知道怎么回事，李东坐在桌子前面说，我其实也不在乎了，我之所以来，只是因为无聊。他们每人要了一碗炒饼丝。李东又要了一瓶冰啤酒、一盘素拼凉菜。徐丽不喝啤酒。李东用牙把酒瓶盖咬开，喝了一口，冰凉的啤酒让他感觉好了一些。

我真的不在乎的，李东说，可是我就想确定地知道一下，情况到底是怎样的呢？徐丽说，我真不知道。接下来两个人也没什么可说的了。

徐丽问了问李东上班之后的感觉。李东说，没什么感觉，就是每天看书。

徐丽问李东，你没想过调到个好点的学校吗？李东说，这没有办法，没有关系很难的，只能以后再说了。

徐丽说，我觉得男孩子还是要上进一点。

李东想问问我怎么不上进了，是王敏这么跟你说的吗，但后来没问出口来。

我觉得吧，徐丽又说，男孩子应该拿得起放得下，不要婆婆妈妈的。我明白你的意思，李东说，如果是王敏让你跟我说这些话的，话说了一半，李东停了下来，他把脸扭过另外一边，只要再多说一个字，他就会哭出声来，他的眼眶里泪水在打转，喉咙发紧。如果是她让你跟我说的，李东说，那你告诉她，我祝她好运。徐丽看着别处说，你要多考虑考虑自己，这样下去也没什么意思。

我跟你说，这些话不是王敏说的，徐丽说，是我说的。

不是我上进不上进的问题，李东说，你还没到社会上，你不了解，你以为你上进就行了吗？我一个初中同学，原来每次考试都是最后一名。结果呢，人家现在分配到了我们那里县城里的一个小学。当初他上师范的时候，我都怀疑他是不是被人骗了，那么点分数怎么可能上师范呢？如果上几年假学，到时候毕业了怎么办？谁能想到，人家毕业后直接去了市里的一个煤矿学校当老师。原来人家舅舅是那个煤矿的领导。我呢，一直学习好，上完高中，又考大专，现在呢，却回到老家村里当小学老师。所以，这不是我努力不努力、上进不上进的问题。

你没毕业的时候，你在学校的时候，李东说，觉得自己很大，毕业后你就会发现，其实自己很小的，跟个火柴火苗似的，随时都可能被吹灭。

吃完饭后，李东抢着付了账。真的，徐丽出了饭店门，眯着眼看着李东说，我跟你说真的，忘了王敏吧，绝对没有什么希望了。有那么一瞬间，李东甚至想跪下问徐丽，王敏现在到底是什么情况？哪怕分手，也把真实情况告诉他。

徐丽回了宿舍后，李东又回到了学校里，他沿着操场走了一圈。以后我再也不会到这里来了。他想。

那天晚上回到黄村小学后，李东躺在床上一直折腾到两点多才进入了睡眠状态，脑子从现实中撤离，进入迷迷糊糊的状态。但是，就在那一刻，一个清晰的记忆闪现了出来。这个记忆在清醒的状态下，李东从来没想起来过。接下来他根本睡不着了。这个记忆是这样的，有一次，李东往王敏宿舍打电话，那时候王敏还没有躲着李东，而是偶尔有事不见李东。李东已经感觉她有点问题了。在电话里，李东对王敏说，你忙你的，我自己转，你有空了再来。王敏说，你自己看吧。就在这时候，李东突然听见旁边一个声音大喊：你为什么不跟人家说实话？你为什么不告诉他。李东当时就听到了这么多，他当时甚至不敢问王敏，这个人在叫什么，他害怕一问出来，王敏就跟他实话实说了。后来，李东就把这个情景给忘了。准确点说，这个情景再也没有清晰地出现在他的脑子里，直到此刻。他半睡半醒之间，清晰地听到了那个人喊的内容，那个人的后半句是，你他妈为什么不告诉他你有新男朋友了，你他妈不要再打来电话了。后面的内容听起来如此清晰。这是徐丽的声音。李东清醒过来之后，好半天都弄不清，到底是自己的幻觉，还是真的发生过。

2

到了期末考试的时间了，跟李东小时候一样，黄村小学的学生们需要到李镇考试去。老师们需要去监考。李东小的时候爸爸骑着自行车带他去。许多路都是在河滩上走，全是鹅卵石。自行车蹦个不停。需要走很久才能到。现在路都是柏油路。李东搭乘面包车，十几分钟就到了。

去拿卷子的路上，在镇中学正中央的那条水泥路上，李东突然看见了初中同学许晓晓。许晓晓当时上的是师范，三年前分配回来当老师，现在已经调进了镇中学。

许晓晓看见李东的瞬间，脸一下子变得通红。她把脸扭向一边，又看向地面。李东叫住了她。怎么不和我说话，李东说，好像不认识我了似的。许晓晓说，我哪里有，我只是眼睛近视，没有看见你。在初中时候，李东对许晓晓的下巴一直印象深刻，因为她的下巴歪着。现在也仍然歪着。但是，李东觉得许晓晓变漂亮了。一是因为身材的变化，许晓晓现在有了一对大胸脯。这个突出的特征，会转移人们的视线焦点。另外一个是发型的变化，许晓晓原来是长头发，现在变成短发，显得比原来整齐。

许晓晓是李东碰到的第一个熟人，接着在同一个考场的监考老师，用疑惑的眼神盯着李东看了半天，然后说，你是不是黄村的？原来此人在另外一个地方当小学老师，之所以对李东印象深刻，是因为李东小时候每次考试都是镇里第一名，而这个老师的学生有一个一直是第二名。他对李东说，他那个学生现在在医科大学上学，是本硕连读，那小子脑瓜好，他说，以后肯定不会回到咱们这里了，肯定会在大城市当医生的。上次我碰见他，他跟我说，要上博士呢，说是学医必须得学历高才好。李东只好随口配合着发出几声嗯嗯。老头更加起劲了，对李东说，你也要再上学，你还年轻，难道一辈子都待在咱们这破地方？年轻人要闯一闯的，心要大。

考完试后，又一个熟人出现了。这个也是李东的初中同学，上的卫校，现在在镇卫生所上班。他瘦瘦的，骑着摩托车在学校门口，对李东说，我听说你来了，你这也不和老同学们联系。今天中午我请你吃饭，大家一起聚聚。

于是，李东、许晓晓、卫生所同学，还有一个初中同学，一起在饭店吃饭。

李东对许晓晓说，你初中时候就这样，现在也这样，连句话也不说，总是脸红。他喝了啤酒，觉得脑袋晕乎乎的。

卫生所同学伸出手，搂着李东的肩膀说，我们的感觉可和你不一样啊。

李东说，怎么可能？

卫生所同学说，许晓晓跟我们在一起可是话多得很呢，只有见了你话才少的。

许晓晓说，你别胡说。

卫生所同学说，你这是干什么？我帮你说话好不好，你不要磨磨唧唧的好不好？

又喝了两瓶啤酒，李东还从来没有喝过这么多的啤酒。他说要去上厕所，卫生所同学也跟着到了厕所。他对李东说，兄弟我跟你说句实在话，今天其实是许晓晓让我请你吃饭的。

李东问，什么意思？

这还用我说吗，卫生所同学说，你小子就给我装，为什么？因为许晓晓喜欢你，从初中就开始喜欢你了。她还去过你在王城的学校呢。

你胡说，李东摇摇头说，没有的事，怎么可能？

卫生所同学抱住李东说，我跟你说，许晓晓可是个好姑娘，比谁都好，你小子一定要弄清楚了，弄清楚了。他舌头都有点伸不直了。

吃完饭后，卫生所同学和另外一个同学走在前面，李东和许晓晓走在后面。卫生所同学好像喝得有点多，一会儿就打个趔趄什么的，每次许晓晓都会笑起来。卫生所同学跳起来去够树边柳树上的叶子。许晓晓也笑起来。李东觉得，卫生所同学刚才说的是真的，许晓晓确实喜欢他。他想起初中时候，觉得许晓晓初中时候就开始喜欢自己了。

是日下午，天灰蒙蒙的，好像要下雨似的。在经过煤管站时，快速地冲过去一辆警车。为了让警车，他们都往路边让，李东和许晓晓的肩膀就挨在了一起，手也挨在了一起。许晓晓拉住了李东的手。李东看她，她还在笑。我们去别处吧，许晓晓跟李东说，不要跟他们一起走了。卫生所同学好像忘记了后面的两个人似的，一直往前面走。李东和许晓晓往后退了一截，从煤管站的围墙旁向河滩走去。

你还记得咱们上学的时候夏天涨河吗？许晓晓问李东。

记得啊，李东说，我记得用一袋袋的沙子挡水，在学校门口，在宿舍门口都有。还有，好几次晚上被老师叫起来，到高处的镇政府去躲避洪水。

我记得你可胆大了，许晓晓说，竟然偷偷待在宿舍里。

李东想起，有一次他去上厕所，回来宿舍就一个人也没有了。他知道他们都去躲洪水了。但是他不想追上去了，于是爬到上铺睡觉去了。

他们坐在河边的坝上，河道里一滴水也没有，露出灰色的石头和密密麻麻的杂草。李东能听见到处都传来嗡嗡嗡的飞虫的声音。对面的山上是一块块的梯田，也被密集的绿色给挡了起来，偶尔露出一块平整的地来。

有人看咱们，许晓晓说。

李东顺着许晓晓看的方向看过去，两个扛着锄头的人在对岸的小路上走了过去。

把手给我，许晓晓说。李东把手伸过去，抓住许晓晓的手，然后往过拽许晓晓。

许晓晓坐在李东的腿上，李东的双手抱着她的腰。许晓晓把头埋在胸前。李东让她扭过头来，她就是不扭过来。她好像用尽全力要把自己收起来似的。有那么一会儿，李东怀疑许晓晓是不是哭了。你怎么了？李东问。没怎么，许晓晓的头仍然埋在胸前。她的头发把脸挡着。你哭了吗？李东问。许晓晓一下把头抬了起来，回过头看着李东。李东看见她的脸红红的，目光对着自己的时候，突然就笑了。我哭什么哭，许晓晓说。她保持这个姿势看着李东。李东挨上去亲她。

过了会儿，李东松开她，说，又有人来。说着看向河对岸。

许晓晓说，管他呢，跟我有什么关系。

3

不一会儿工夫，李东的脑袋已经被飞虫撞了三次了。每次他抬起手拍打，都没有拍到东西。他坐在他家院子门口，手里端着一碗汤面。李东家离黄村小学步行就五分钟，所以李东有时候住学校宿舍，有时候住家里，吃饭是一直在家吃的。他只穿着一条短裤，赤裸着上身。他身上干巴巴的，几乎没有一点肉，可以清晰地看见一根根肋骨。他的头发很长，发型是三七分。从初中开始，他就是这个发型了。他的脸型是长方形。上嘴唇上一层细密的柔软的胡须，他还从没刮过胡子。也是从初中开始，他就抽开烟了，所以现在他的牙齿有点发黄。他喜欢吃烫饭。一碗汤面很快就吃完了。最后喝汤的时候，几乎每喝一口，他都会出一次汗。

大门上方挂着一盏电灯，发出微弱的黄色的光。四周是一片黑暗。院子在高处，往下就是一条水泥公路，公路下方是河谷。河谷里的水越来越小，现在已经不像李东小的时候，可以发出哗哗哗的声音了。不过如果静下来听，四周还是充满了密密麻麻的声音。这是无数只飞虫杂草各种生物发出来的。就好像细小的飞蛾在空中飞过，蚂蚁们搓动自己的双手，它们弄出来的声音从四面八方涌来。

在这些声音中，有一个间隔很均匀的呻吟声。这个声音来自李东身后左侧的房子里。这个声音是李东的妈妈发出来的。

李东吃完了汤面，他看见河谷对面的山上，有一束手电光在移动，过了一会儿，连脚步声都能听见了。李东盯着对方，看见他很快就从山顶到了山腰的位置。李东等着，对方正在穿过河谷。李东听见他发出熟悉的吐痰的声音。现在能看见他手里夹着的烟头的小火星了。

像这样的情景，李东重复看到过多少次啊？这背后的呻吟，这河谷里正在走来的烟头。

买上了吗？李东问。下面传来他爸的声音，买上了，等了半天他才回来。他爸在河边蹲了下来。李东听见他撩水的声音。他能想见他爸，此刻他正在把水泼到自己的脸上。

李东他爸上来了，手里捏着一些药盒。你还好吧？李东他爸说，要不要喝点藿香正气水？李东说，不用。李东他爸说，我他妈的今天脑袋也不舒服，应该是中暑了，我也得喝点药。

李东他爸走进了院子大门。李东听见他掀开门帘，听见他和妈妈说话的声音。接着他听见往碗里倒水的声音。

他甚至好像听见妈妈把药片丢进喉咙，吞下去的声音。

等他爸再次出来时，李东闻见一股藿香正气水的气味。

你妈叫你进去，他对李东说。李东听见，妈妈仍然在发出呻吟的声音。李东脑子中突然出现了姥姥的样子，小时候，每次去姥姥家，也总是能听见姥姥躺在床上，发出这样的声音来。先是姥姥，后是妈妈。李东又想起，过一段时间，妈妈他们就准备姥姥的老衣，过段时间，姥姥就会表现出好像就要去世了一样。但是每一次，姥姥都又恢复过来了。

妈妈躺在床上，床靠墙放着，占了屋子多半的空间。床沿挨着的墙壁上，开着一扇小小的窗户，两块玻璃，其中一块可以打开。玻璃的外面，有两根钢筋栅栏。小时候，李东一直睡在这个房间里，夏天的中午，他爬上去，蜷缩在窗户上。下了好多天雨后，山上的水流下来，在窗户外传来哗哗哗的声响。李东去上学后，父母搬进了这个房间。李东有时候想不明白，家里有那么多屋子，每一间都要比这间大，比这间空气流通，床也比这间的大，为什么父母就要待在这间最小的屋子里呢。他想起自己小时候，如果溜进了那些大屋子，就会被妈妈狠狠地训斥。大屋子里的家具也是新做的。不过那些家具现在看起来已经没有那么新了。直到李东上了大专，回来后，父母突然开始安排他住起了大屋子。

李东走进来，妈妈把脑袋扭了过来，头发乱糟糟地落在枕头上。李东有一种黏糊糊的感觉。

这次我怕是不行了。妈妈说，我难受死了。

你哪儿难受？李东问。

我浑身都很难受，妈妈说。几乎每次她躺到床上呻吟时，都会这么说。

让你去医院，李东说，你又不去。

去医院干什么，妈妈说，白花那钱干什么？

李东突然涌起一股怒火，钱和命哪个重要？

妈妈说，我没事，每次都这样，过段时间就好了的。别管我的事，我想跟你说说你的事。

李东说，我的事没什么可说的。

妈妈说，我感觉你一直都闷闷不乐的，那天我和你爸还聊，我俩没有本事，没有挣到很多钱，也没有什么关系，帮不上你。她突然哽咽起来，她并没有克制自己，带着哭腔往下说，我跟你爸说，如果能帮上你，让我们怎样也行。

李东更加愤怒了，他讨厌她这么说话，但是他又不能说什么。只能站在那里，看着墙上的裂缝。他突然想问问她，墙上的裂缝怎么越来越大了？当然，他没有问出口。

没有办法，妈妈继续说，我真想狠狠地抽自己一顿。她又停住了，开始擤鼻涕。

我知道你，妈妈说，你心里不甘心，但是有时候你不得不认命，每个人的命都不一样，也许有的东西本来就不该是咱们的。

你看我的身体，说不定哪天就完了，说到这里，妈妈又哭出声来，泪流得更厉害了。

再说了，其实许晓晓要比王敏好。许晓晓也是老师，工作也稳定。并且一看就是过日子的，不像王敏，当初你把她带回来的时候，我和你爸就觉得不合适。人家那么漂亮，为什么要跟咱们这样的家庭呢？即使结了婚，也不会安生的。

李东说，我什么时候说许晓晓不好了？你都说点什么呀！

4

李东坐在松花江面包车里，尽管刚刚九点，车里却已经热得让人受不了了。每个人身上都散发出一股汗臭味。前座上坐着一个男的，老是要回过头来和李东聊天。他一张嘴，就散发出一股口臭味。我去过你们学校呢，这个男的说，我在那里干过活。你们学校后面有一个小树林，我在那里干活的时候，有一个你们学校的学生在小树林里上吊死了。听说是因为挂课太多，也是农村的，到了城里跟别人一样到处乱混，结果欠了一屁股钱，就上吊死了。你这是去看女朋友啊？我见过你女朋友的，这个男的说。念书好啊，可惜我脑子不行，从小就捣蛋，学习成绩弄不上去，现在只能出力干活。

刚开始李东以为对方提到的女朋友是许晓晓，后来才明白，他说的是王敏。松花江面包车每天经黄村去两次夏县。像往常一样，面包车停在东桥下。李东一下面包车，就闻到了熟悉的下水道的气味，还有后面汽车修理厂传来的汽油味。

你知道我昨天碰到了谁吗？许晓晓问李东。他们走在县城的街道上。许晓晓家在县城有房子。许晓晓带着李东去她家，她说她父母都不在家。李东问许晓晓，谁呀？许晓晓说，你爸。我看见你爸，差点过去跟你爸打招呼。李东说，你会吓住我爸的。许晓晓说，我也不知道怎么搞的，我老以前每次见了你爸都觉得特亲切。李东说，那改天我带你去见我爸。许晓晓说，你说的啊。

他们从东桥下上了东桥，沿着县城唯一的一条主街道向西走去。李东发现，街道两边原来那些拥挤的店铺都不见了，取而代之的是几栋新建的大楼。街上人很多。李东想起来，自从高中毕业后，他就再也没有真正进到县城里过了。每次都是在东桥下一下车，就从环城路赶到长途汽车站，然后坐车到王城去。人群中偶尔开过来一辆汽车，不停地摁着喇叭，但是只能是挪动着往前走。还有许多摩托车，皮肤被晒得黝黑的驾驶员经过你身边时，你能闻到一股汗臭味，行人们身上也有同样的臭味。周围的人们都在说话，已经有许多年，李东没有听见过这么多人同时用他们老家的方言说话了。他们拖长着音调，脸上的表情夸张，好像在表演似的。多么难听的方言啊。李东想。

李东对许晓晓说，我都不认识了，变化真的太大了。

许晓晓说，这两边刚拆完，要恢复明朝时候的县城原貌呢。她的语气听起来很自豪，到时候要建成景点，要收门票。

许晓晓家在北城后，在十字街往北拐，走了不到五百米，往西上了一个小坡，就来到了一片建在山上的米黄色的小区。

他们在许晓晓的卧室里脱光了。准确点说，是李东全脱光了，而许晓晓还穿着内衣。李东去脱许晓晓的内衣，她抓住他的手，不让他动。李东停下了自己的动作，抱着许晓晓。许晓晓说，没想到这么恐怖。

当李东第一次和王敏时，李东的表现和现在的许晓晓差不多，也是紧张得手一直抖。

你害怕吗？李东问许晓晓。许晓晓用尽全力地抱着他。我不害怕，许晓晓说，但是我必须把第一次留给跟我结婚的人，你知道我的意思吗？李东点了点头。他想告诉许晓晓，这些都没什么关系的，第一次什么的。但是他没有说出口。

许晓晓坐起来，自己脱去了内衣。她把它们叠得整整齐齐，放在了旁边的椅子上。李东脑子中突然出现了王敏的动作，她每次都是随意地扔内衣。许晓晓的内衣都是宽松的，不像王敏，所有的衣服都是紧身的。

这一次是许晓晓抱住了李东，他们开始亲吻。许晓晓身上多么光滑啊。

要不我们以后再做吧，李东突然发现，自己把脑子中想着的话说了出来。许晓晓清楚地听到了，她看着李东。

她竭力想保持着原来的开心的表情。怎么了？她停下自己的动作，问李东。有一千句话涌到了李东的嘴边。他只要张开嘴巴，马上就能汹涌而出。他想把一切都告诉她。关于他和王敏的故事。他还从来没有跟别人说过。现在他特别需要说出来。他想告诉她，现在他仍然每天都想着王敏，晚上睡觉都想，昨天晚上他还做了跟王敏相关的梦，他梦见王敏来找他，但是他对王敏说，他已经完全不喜欢她了。他想告诉许晓晓，她是一个很好的女孩，但是他现在并没有爱上她，没有出现对王敏的那种忘我的感觉。所有人都劝我，应该和你结婚，包括我爸妈，甚至我自己也这么觉得。但是我觉得如果我这么做了，对你是不公平的，我是在骗你。

突然间，李东的脑子里出现了一幅场景，他坐在公交车里，车上空荡荡的，街道上也空荡荡的，路边是整齐的建筑，是晚上，路灯的黄光照着宽敞的马路路面。这幅场景是什么时候？李东已经想不起来了，但是他知道，那是从王敏他们学校回自己学校的路上。

接着一连串的场景出现在他的脑子里：学校附近的正大录像馆，一家兰州拉面馆，五一大楼二层（他曾经在那里给王敏买过一双鞋子）。

他还想起：有一次他穿着拖鞋，从公交车后门上了车，上车的时候车门给关了，他的一只拖鞋掉到了外面。他在车厢里扶着扶手，抬着一只脚一直站到下一站，然后又走回去找到了自己的那只拖鞋。那拖鞋是浅绿色的。

李东张开了嘴巴，他感觉自己眼眶湿润了。

我不知道你爸妈会不会反对，我家里穷，李东说。

许晓晓说，我以为你说什么呢，我说服他们就是了，我愿意就行了。

5

从2000年夏天到2001年夏天，李东一般都会在星期六早上七点坐车去看王敏。暗红色的面包车到来之前，李东就已经站在黄村小学学校外墙的荫凉里，面包车经过村子时，鸣笛鸣个不停。它发出很费力的突突突的声音，有时候突然一个停顿，让你以为它会摔倒在地。在李东面前，面包车拉开一扇门，李东弯着腰走了进去，在一股香烟味和汗味以及汽油味中，他坐到空下来的位置上，有时候所有的位置都满了，有人给他递过来一个小木头板凳。他坐在板凳上。这是最快乐的时刻，从李东踏进面包车的那一刻起，他的心就悬置了起来，周围的一切都显得多余，他不明白人们为什么要和他说话，他看见窗户外一闪而过的电线杆和远处山坡上的松树。他的心越升越高，呼吸越来越浅，后来连手掌心都发起痒来。

路上需要花费两个小时，具体过程是这样的，先是坐面包车到夏县，然后在夏县的长途汽车站坐车去王城（打一辆摩的需要一块钱）。在王城汽车站下车之后，李东挤在人群中上了公交车（头顶是白底红字的站牌名），六站后在王城师专下车。

冬天还好，夏天来了之后，面包车和公交车都没有空调，四周又都是人，很快，李东腋窝下就变得湿淋淋的，后背也变得湿淋淋的。金黄色的阳光斜照在灰色的大街上。等他赶到王敏学校时，衬衣都变得黏糊糊起来。

进王城的路是从高处往下的。当依维柯拐了某个弯之后，遮挡视线的一大片灰黄色的岩石走过去了。李东马上就能从那些密密麻麻的黄白两色的建筑中，清晰地辨别王城幼儿师范学院的图书馆。图书馆是学校的最高建筑，正面是蓝色的玻璃。从这么远看过去，它的大小跟一块墓碑差不多。

每次在幼师门口下车时，李东都会深吸两口气。刚开始这两口气是为了平息马上要见到王敏的紧张感。但是有一天，李东突然注意到校门口多了一个保安，一个个子很高的年轻人，眼睛向前鼓出，突然盯着经过的人时，李东的这两口深呼吸，就不仅仅是为了王敏了，也是为了不要被这个保安给拦住。也正是因为这个保安的出现，让李东意识到，自己已经不是在王城上学的学生了。他现在是夏县李镇黄村小学的一名老师。

不过到最后，李东也没有被拦住过。他假装看着前方，好像被一个东西给吸引住，完全忘记了周围的保安存在一样。每次他都用这个姿势走过学校大门。进了大门之后，他突然停下，扭头向后看去，还把目光故意盯着保安。保安并没有做出什么反应。李东把头扭了回来，继续往前走去。

三号宿舍楼是王敏所在的宿舍楼。楼下有一个院子，院子里有一张乒乓球台。还有一根拉在两根铁柱子上的铁丝，上面总是搭着学校统一发的蓝色的被子。还有一小片小树林。在一个比李东高一届的物理系的男生在小树林里自杀之前，他们常常在小树林里约会。好多次，在亲吻中，李东抬起头，穿过叶子看见宿舍玻璃上的黄色的光。

要买结婚衣服的时候，许晓晓在夏县转了好几天，都不太满意。她对李东说，咱们去大一点的城市买吧。李东的第一反应就是到王城去。但是许晓晓说，去王城干什么，去咱们市里好了。这时候，李东才意识到，王城其实是另外一个省的城市。他们这里的人即使是买东西，也不会考虑王城的。这也就意味着，以后他恐怕是没有机会去王城了。

一小片阴云

因为对口的小学是市里排名前三的好学校。这个小区租金要比别的地方同样面积的房子贵出一千块来。即使如此，也大有人租，每次快到入学季时，甚至还要排队租房。小区里大部分出租的房子连装修都没有，白墙水泥地。厨房连抽油烟机也没有，到处都是黑漆漆油腻腻的。卫生间呢，大都是蹲便，便池里发黄发黑的东西都有，还发出一股刺鼻的臭味。

李东一家租的是顶层的一套四十平方米的套间。刚住进来，房顶就漏了。房东还不管，给她打电话，一直都是不耐烦的语气。老房子当然要漏了，漏了你找人补一下嘛。

不得已，李东自己找人补，为了省钱，找了个便宜的，没想到这才过了不到一年，就又漏起来了。李东想去找当初给自己做防水的人，后来他发现根本想不起对方的长相，在装饰城门口转了好半天，也不确定是哪个。他只好用砖头压了块塑料权且凑合着。

几乎每次做饭，李东老婆在厨房都会被呛得咳嗽个不停。过上几天，她就会对李东说，我真的后悔当初的决定，我们为什么要这么逼自己呢？

李东自己的房子位置比较偏，对口的学校不好。李东女儿要上学时，突然就有一个机会，李东认识的一个人，找关系花钱搞到了指标，但是又不想去了，问李东愿意不愿意去现在女儿所在的这个学校。李东的心狠狠跳了一番，他觉得这是个机会。所以极力劝说老婆，你想想，孩子在咱们这个学校，认识的同学就都是咱们邻居这样家庭的人，而去了那个学校，同学家长里都是有本事的人，这对孩子可是太重要了。

老婆也被他说服了。给了关系五万块，租房子一年两万五千块。日子就变得紧巴巴起来。不得已，他们还把自己那套房子给租出去了。老婆可是舍不得，那房子装修虽然花的钱不多，但装修时他们俩起早摸黑，大部分活都是自己干的。这才住了几年呀，老婆说，就让别人给糟蹋去了。

　　这个小区是单位宿舍，加起来共八栋楼。八栋楼里有两栋是一九九几年修的，都是大户型，一百二十平方米以上。听人说是给单位领导们准备的，质量也很过硬，可以扛得住八级地震。那两栋楼中间的空地不像别的楼塞得满满的都是汽车，而是两个花池，里面被住户们种的都是蔬菜。剩下的六栋楼是一九七几年盖的，都是预制板结构，有时候有地震传闻时，李东老是要想到，这房子肯定一秒钟都撑不住，就会被夷为平地的。附近修路拆违建时，李东都觉得自己这边的房子摇摇晃晃好像要倒下似的。

　　倒下：我疯狂地想造一所房子，刚开始我设想自己能找到一个山洞，我在书上看到过的山洞，在山洞里，点起篝火，但是我们这里没有山洞。后来我想用石头垒，我在山上找比较平整的石头，这样的石头也不多，我花费了十多天，连一堵墙也没盖起来。有一天我看见邻居的猪圈，我想即使我花再长的时间，也就盖得和这差不多而已。我站在麦秸堆上，用木棍和铁丝扎起了正方形的框架，我用力地把木棍往下扎，这样更牢靠一点。一大片阴云沉甸甸地停在我头上。我得加快动作，开始刮风了。我把麦秸往框架的上方铺，四面我也打算用麦秸遮起来。我想象外面在下雨，而我待在自己的房子里听着风从房子四周刮过，雨点落在河面上。真的下起雨来了，在地里干活的人们跑着往家赶。我的衣服已经被淋湿了，但我还在那里盖自己的房子。我爸爸朝我大喊。如果我再不回家，他大概就要来揍我了。我站在院子门口，看见麦秸堆上自己弄的房子，是那么小，风已经把麦秸都刮跑了，现在正在刮那几根棍子。棍子也被刮倒了。倒下。

小区的居民分为三种，一种是原住民，他们都是同一个单位的员工，当初把房子分给了他们，每个人只交了一两万块钱。这些人中间有许多年纪都很大了，有许多走路需要挂拐杖的，太阳好的时候就坐在院子里晒太阳，过段时间，院子里就会摆上许多花圈，这是又一个老人死了。老人死了之后，老人们的儿女们会搬回来住。不过一家里挤着住两代人甚至三代人的也有。另外一种是买房子的，每次听到又有房子卖出去了，听到成交价，原住民老太太老头们就会唾沫横飞地说，都疯了，花一百多万买这样的房子。也有一些合计，要把这老房子卖了，钱足够去买个环境好的大楼盘的房子了。最后一种，就是李东这种租户了。

　　李东不知道别的租户的遭遇，他住过来这一年，碰上过好几次原住民不友好的刁难了。两次都跟停车有关。前面说过，这是一个老小区嘛，没有专门的停车位，大家就在院子里停。每到晚上，院子里停得满满的，前面的车要出去，最起码要打七八个甚至更多的挪车电话才行。也是因为老小区，没人管理，外面的车辆随随便便就能进来停，因此可没少发生矛盾。那次早上，李东送了孩子回来，正用布子擦玻璃，一辆车停在他旁边，一个女的把头伸出来对他说，师傅你把车往前开开吧！李东的车在车位里，前面是没有空车位的，也就是说，这个女的要让李东把车位给她让出来。李东一股怒火涌了起来，对她说，你为什么不往前开？那个女的脖子伸长说，操你妈，说话给我客气点啊！当时李东觉得，她应该是听错了，自己的语气虽然重，但并没有带什么脏话。我哪儿不客气了？李东说。那个女的打开车门下来，向着李东就扑了过来，伸出双手对着李东的胸脯就推了一下。你他妈要打架啊，这次李东真的说了脏话了。那个女的又用右手推了他一下说，你嘴巴给我放干净点。李东想找旁观者，问一个老太太说，阿姨你看见了吧，我哪儿说脏话了，她就动手。老太太突然间怒目圆睁，对着李东喝道，你哪儿的，你是不是我们院子里的你就往我们这儿停车？李东说，我当然是院子里的，我就在对面四楼。老太太说，哪个对面，哪个四楼，这里哪个人我不认识，你给我指指，哪个房子是你的？李东说，我租的房子，我租的房子可以不可以停车！老太太说，我说你不能停车了吗，问题是你租别人的房子还这么大喊大叫，你嚣张什么啊年轻人？旁边另外几个老太太纷纷帮腔，都指责李东不对。这时一个拄拐杖的老大爷出来了，原来是李东的对门。老大爷做出和事佬的模样，对李东和那个女的说，大家都是邻居嘛，小伙子，她的意思是，你不是马上就要去上班，就要走吗，你往前开开，她停下来今天就不走了，是这个意思，大家都是邻居，互相体谅一下好不好？

后来又有一次，李东站在阳台上，看见下面一个女的，踢了他的车一脚，然后对另外一个男的说，开个这破车，还是租的房子，每天还乱停车。抱怨完后，她又狠狠地踢了几脚。

每次这样被歧视后，李东都会好多天平静不下来，即使到今天，过去的时间都按年计算了，他还是会在某一刻想起当时的情景，进而他会设想，如果当时自己就不让步呢，就要和对方干到底呢？老婆对李东说，又有什么用呢？万一碰上个脾气更暴躁的，像新闻上说的那样，拿一把刀过来捅你一下，把你捅死了怎么办？能不发火还是不要发火，你根本不知道对方在跟你发生冲突之前发生了什么，也许他已经被上司骂过，父母在医院每天花一万块，孩子还在学校打架了，他已经像个火山口似的了，你随便一句话，就成了压垮骆驼的最后一根稻草。李东跟老婆说的时候，往往是处于极度的郁闷中，他希望老婆跟他同仇敌忾。她讲的道理一点问题也没有，但是会惹得李东怒火更甚，他对老婆说，我只是跟你说说而已，你还不了解我，我连盯着别人的眼睛看都不敢。看见那些开着好车的人，我更是手脚发软，不用说打架了，连说句话都会带上哭腔。你见过比我还懦弱的人吗？

哭腔：有人死了。人们穿上白衣服，脑袋上戴着白帽子，跪在地上，跟在棺材后面，排成一列往田里的坟地走去。女人们发出哭声。她们的哭声和真正的哭不一样。她们拉长了声音，把一些字给模糊地喊出来。那个节奏和音调是固定的吗？她们知道人们都在看着她们吗？她们怎么能坚持下去？如果是我的话，我肯定哭不出来。我害怕我一哭出来，别人就注意到我了。多亏我不是个女人。她们的哭声碰到山谷，山谷发出了回音。

　　这个小区里许多人都会给李东带来不安的感觉。你觉得大家认识这么久，已经算是熟人了，碰见的时候应该打个招呼，结果你手挥了一半，微笑挂满了脸，问了对方一个好。对方根本没有看你，目不斜视地走了过去。有些人，上次还好好地打了招呼，下次见了你就好像不认识似的。弄得李东现在迎面碰上同小区的人，都不知道把眼睛往哪儿搁了。

　　踢李东车的那个大妈是小区里最活跃的人之一，经常可以看见她一边东张西望，一边压低声音和人聊天。谁都不能在她窗户外的空地上停车，因为她的电动车要停在那里充电。谁往那儿停，第一次贴纸条警告，第二次就会拿钥匙划你的车了。

　　那天李东把车停好，一下来就看见大妈就在不远处和几个拄拐杖、坐轮椅的在手舞足蹈唾沫横飞地聊天。李东特意绕开他们回了家。回了家之后，发现老婆站在阳台上张望。看见他时，老婆急切地问，听见他们说没有？李东说，说什么啊？老婆指着两栋后建的楼说，今天有人买了那边一套一百二十多平方米的房子，猜猜多少钱？上一次院子里有买卖房子的消息，都是半年前了，李东印象中那次的成交价是一万一一平方米。一万二？李东猜道。老婆摇着头说，一万六千多，可怕不可怕，这才半年啊，花了二百万。这个人傻吗？李东说。老婆说，听人说，现在学区房涨得厉害，这还真不算贵的。

接下来几天，小区里到处都能碰见人聊这件事。其中一个光头，每天晚上喝得醉醺醺的，人们说他经常在家里耍酒疯、摔盘子、打老婆的，有一天对别人说，肯定还要更高的，房租肯定也会涨，别的小区哪儿能跟咱们小区相比，咱们小区这些人都是什么档次？环境不能比对不对？素质上差距远了去了。

李东老婆有一次对李东说，这家人真是有钱，听说是一次性付的全款呢。又有一次说，这都买了这么久了，也没住进来，人家肯定在别处还有房子的。又有一次说，如果那房子是咱们的就好了，我今天在窗户上看了看，说是一百二十平方米，比我同事高层一百三十多平方米的都要大，结构也合理。李东对他老婆说，别跟我说这个。他老婆有点生气，我怎么就不能说了。李东说，咱俩工资加起来才七千块，怎么可能买得起这么贵的房子。我说说也不行吗，他老婆说，那我以后是不能跟你说话了是不是？

　　拐杖和轮椅：轮椅是书里的东西，我从来没有见过，就像书里提到的船一样。下午船横在水面上，下雪时船上坐着的穿蓑衣的人，我脑子中经常想到这样的场景。两山倒映在船身下的水里，两山就是我每天都能看见的那两山。而拐杖，我的老师每天都拄着拐杖，他只有一条腿。人们说他在看集体的粮食时，房子塌了把他的腿砸断了。后来他被安排做老师。他走路时发出咚咚咚的声音。夏天他把拐杖从教室窗户伸进来，对着我的脑袋轻轻地敲了一下，对着跟我说话的另外一个同学也敲了一下。他把拐杖放在岸边的石头上，跳进河里游泳。

　　那房子就在一层，李东每次路过，也忍不住往里看。他又何曾没设想过这个房子如果是自己的呢。这些有钱人是从哪儿弄到这么多钱的呢？最主要的问题就出在李东和他老婆都是从乡下来的。家里一点忙也帮不上。李东那些出生在城市里的朋友同事，哪个为房子发愁过呢？

　　那家人搬进来时已经是一年后的暑假了。小区的房价也涨到一万八一平方米了，小区的楼道里每家的防盗门上经常被贴上求购信息。李东老婆说，所以说嘛，越有钱就越有钱，人家房子就放在那儿，钱就到手了，都不需要出租什么的。

李东先遇到的是那家人里面的儿子。有一天女儿非要在院子里和别的小孩玩。虽然小区里一共八栋楼，但平时不会有那么多小孩聚在一起，顶多是相邻的并排的两栋楼一起玩玩。小孩中间，有一个是和李东一样的租户。另外两家是原住民。还好的是，四个孩子都是女孩，平时相处还算是融洽。两个租房子的家长看着手机，脸上都露出着急的模样。而那些原住民的孩子通常都是由老人给带，老人们站在一起聊天什么的，一点也不着急。

一个小男孩，戴着帽子，双脚疯了一样地踩着自行车脚蹬。他刚开始只是绕着楼转圈。后来他越来越靠近四个小女孩。靠近小女孩们时，他的速度比在别处还要快。小女孩们被吓得尖叫了起来。小男孩大叫着：胆小鬼。过了一会儿后，又从楼后绕出来，再次像小女孩们发起了冲锋。

其中一次，小男孩经过时，女儿突然尖叫地跑了起来，差点和自行车撞在了一起。

李东忍不住了，对小男孩说，小朋友，这样太危险了，可不能这么骑车。小男孩撇了撇嘴，骑着车离开了。

李东本来以为这只是外面偶尔来院子里玩一次的小朋友。没想到过了几天李东老婆带来消息说那个骑自行车的孩子就是新搬来的那家的。他一直认为新搬来的孩子应该是刚上学的。而这个骑自行车小孩的年龄明显要更大一些。

已经上二年级了，跟咱家孩一样。老婆说，他们家原来在北京。你说他们为什么要回来呢，是不是因为北京压力太大了呢？

这搬来的一家三口人，还带着一个保姆。最先跟大家熟悉起来的是保姆。她每天负责买菜做饭打扫卫生，午饭时和晚饭时来，常常和老太太们聊天。这家的丈夫是个高个子。无论什么时候碰上他，他都是皱着眉头，脸色阴沉着，如果你盯着他看，他就会一直盯着你看。女主人看上去要年轻得多，个子比较小，脸长得很漂亮。她每天都穿不同的衣服。

李东搬到这个小区这么久了，还真没人主动跟他打过招呼。但这家人搬来没几天，有一天李东站在阳台上，他看见那家男主人从一辆丰田陆地巡洋舰上下来，旁边恰好站着几个男的，其中有那个老是喝酒的光头。光头竟然和那个男人聊了起来。他还能听见他们的对话。光头问那男人，这车油耗大吧？男人愣了一下说，还好吧。然后男人抱着手臂和光头他们聊起天来。他们一边聊天一边还发出了笑声。

慢慢地，大家就都熟悉了起来，即使李东，也和那家的妻子说过话了。有一天，是那个妻子开着那辆车，要从两辆车中间穿过去，她开得很慢，因为两辆车离得挺近的。李东正经过，就挥着手给对方指挥了一下。她专门打开车窗，对李东说，谢谢你啊。

但是对那个小男孩，李东还是感到讨厌，他还是像原来那么骑自行车。李东总感觉，这么骑下去总有一天会出事的。有一次，小男孩为了避开一个拐弯过来的大人，急刹车，车子一下子横了过来，差点摔到地上去。李东又说过几次，但小男孩对他不理不睬。李东想加重语气，又觉得是不是有点小题大做了，毕竟别的孩子家长好像并没什么反应。问题是女儿每次都要尖叫。你为什么要那么叫呢？李东问女儿。女儿说我看见他骑过来了嘛。李东说，别的人也不叫啊，过来又怎么，难道他敢撞你吗？李东这么一说，女儿就会生气，噘着嘴，抱着胳膊一个人站在角落里，半天也不理他。

自行车：十二岁那年，我做过好多次关于自行车的梦。

我梦见我骑着自行车，在县城的街道上疾驰而过。我一年大概只有两次到县城的机会。我看见那些骑自行车的学生们，我多美慕他们啊。更小的时候，我在一个商场里号啕大哭，因为我想要一个小三轮自行车。我爸爸抱着我出了商场。我能记得我使劲地挣扎反抗。他告诉我在下一个商场给我买。但我知道他在骗我。有那么一会儿，我觉得他们会给我买的，他们犹豫了。但他们没给我买。我还能记得那辆蓝色的小三轮车，放在商场货架的最上面，我能记得商场里的售货员站在柜台后面，看着我。

有一次，李东和大学同学聚会，喝了点酒，在回家的路上，突然意识到也许当初硬把孩子送进这个学校，是一个错误的选择。就好像一道闪电在他脑袋里划过，照亮了长久以来糊糊涂涂的那一团，让他看清楚了。这个学校的家长们普遍情况都比较好，但也正因为条件好，孩子们吃穿用等都是名牌。就说暑假，李东每年也带孩子出去一次，但也就是国内，出去了也不敢住好酒店，钱得省着用。而别的同学呢，几乎大部分都出过国了。甚至还有几个孩子，半年在美国上学，半年在中国上学。英语什么的见识什么的，根本没法比。即使不在国外上学的，也有好多请外教什么的。有一段时间，一个接送孩子的家长每天都把车停在他们院子里。小孩和李东家小孩是同学。每次都打招呼。不过李东没有和对方家长打过招呼。有一天李东突然想，查一查对方开的车，结果是两百多万的奔驰。

那天李东一边往家走，这些本来以为忘了的信息一下子全涌了出来。他想起孩子有一次问过他，爸爸我们家是不是特别没有钱？李东原来并没有这种感觉的，以前在自己小区住的时候，他觉得还挺好的，和老家的同龄人们相比，他已经是很好的了，首先能在大城市待下来就已经不容易了，更别提还考上了公务员，取的老婆也是事业单位的，还凭自己买了房子买了车子。父母很是因此为荣的。但是现在他越来越觉得自己太渺小了。李东老婆对孩子说，咱们家挺好的了，如果平均一下的话，爸爸妈妈在这个城市应该比一多半的人挣的钱都多。

记得孩子幼儿园毕业的时候，老师在留言册上写的是，你一直都是一个大胆的孩子。而现在呢，女儿明显比原来胆小了许多。孩子的成绩也很普通。

我自己又何曾不是如此呢？李东想。在以前的小区，楼上装了空调，出水管做得不够长，每天滴在他家的遮阳伞上。他硬是找了对方好多次，期间还争吵过，让对方把出水管给放回了自己家里。而现在呢，在院子里后面排得车超过三辆，他就没有勇气给他们打电话了，尤其是其中有好车的话。他可是碰到过好几次脾气暴躁的，下来就恶狠狠地瞪着他，数次询问他是哪儿的，为什么要把车停在这儿。

开学后的第一天，老婆把女儿接回来就告诉李东，那个新搬来的小男孩分到了女儿班。女儿很激动，说，爸爸，那个范超越可搞笑了，老师讲着讲着课，他咣当一声就摔倒在地，把我们都给笑死了。从此之后，女儿每天回来都会讲到范超越，爸爸，范超越写了个作文，把我们都笑死了，他说操场上有一汪水，是努力跑步的同学流的汗水。爸爸，范超越上着上着课，就偷偷爬到地上了，他在课桌中间爬来爬去。李东问女儿，老师不管他吗？女儿说，管呀，罚他站，结果他在那里做鬼脸。老师都没有办法了。

肉：我在武侠小说里看到"叫花鸡"这种东西。说是把鸡的肚子刨开，取掉内脏，塞进去调料，用泥土裹起来埋在地下。然后上面烧火。香味弥漫，人们流下口水。我一直想做这样的肉。我用弹弓打落在杨树树枝上和电线上的麻雀。麻雀们绕着电线飞来飞去。电线从对面的山上拉下来，又长又直的两条平行线。傍晚的太阳在平行线的末尾处。它很快就消失在群山后面了。我用爸爸的刮胡刀片试图切开麻雀的皮肤，根本不顶用。刀片太钝了。我用石头把麻雀围住。下一次来看时，它就不见了。我还听说鱼也可以吃，我们这里的人不吃鱼。我还知道有人钓鱼。我按照书上说的，把缝衣针放在火上烧红，弯成一个钩子，用线拴在一根棍子上。我把蚯蚓穿在钩子上。我坐在河边。我一条鱼也没钓上来过。有外地人往啤酒瓶里塞上石灰，扔到水里就爆炸，死鱼漂浮在水面上，他们收走了死鱼。啤酒瓶碎片留在河底，夏天的时候割破了我们的脚。这些外地人。书上说蝉也能吃。在阳光下闪闪发亮的树叶子里，到处都是蝉。他们没完没了鼓足了劲地叫。我悄悄地靠近杨树，手指弯曲起来对着趴在树干上的蝉摁过去，蝉太好捉了。我看着它的翅膀，看着它突出的眼睛，看见它纹路复杂的黑色的身体，我想象书上说的身体里鲜美的肉。但我还是吃不下这东西。我想一想都觉得恶心。我用力把蝉扔出去，扔到地里去。

一个月后，李东有天晚上加班，回去孩子、老婆都吃完饭了，孩子已经开始写作业了。李东吃完饭，坐在沙发上看手机。原来他还看看电视什么的。但老婆认为孩子写作业的时候，家里的其他人最好不要去娱乐，那些声音会影响孩子的。他现在就是看手机。意外的是，老婆突然间提高了音量。最近你是长翅膀了是不是？一页题你给我错三道，你给我讲讲这是怎么回事，擦了给我重写。李东想过去看看，但还是克制住了自己。

老婆气呼呼地走进来，还把门给关上了。她一副要谈正事的模样。李东把手机放下看着她。你说咱们要不要去跟老师说说？说什么？李东问。你一点都不关心孩子，老婆说，难道你不知道现在范超越跟她是同桌吗？范超越每天上课都动来动去的，很影响她听课的。我担心这样会影响她的成绩。

李东感觉，女儿平时学习挺用功的，每次考试成绩也还行，排不到最前面几个，但也在十名左右。

他想了想对老婆说，以后她肯定还会碰到范超越这样的同学，难道每次都去找老师吗？还是得让她接受这个状况，然后调整自己。

老婆说，今天作业写得就很不好，明显不够专注。

李东说，再等等看吧。反正座位一个月就会换一次的。

刚开始几天，女儿受到的影响确实很大，一回来就抱怨，范超越每节课都不消停，小动作老是不断。李东和老婆一再地给她讲道理。还好的是，后来女儿慢慢地又恢复了以前的状态。作业出错的概率没那么大了，上课的内容也大致能够掌握了。到最后几天，老婆几乎是扳着指头过日子的，你又不辅导孩子作业，老婆说，我每天看着呢，真是有影响的。

调座位那天，一家三口都很开心。李东发现，这个月自己的心情也受到了影响，就好像头上笼罩着一小块阴云似的，现在阴云终于消散了，他觉得浑身都充满了力量。他们没有在家吃，去外面吃必胜客。女儿说，今天刚调完座位，范超越的新同学就受不了范超越了，找老师告范超越的状了。结果老师对全班同学说，大家要学会不受别人干扰。接着她表扬了女儿，说女儿和范超越也同桌了一个月，这个月女儿就表现得很好啊。女儿讲得开心，因为受到了表扬嘛。但老婆听了就不愿意了，说，这老师怎么这样啊，不去批评搞破坏的，反倒埋怨起被影响的了。这个思路可不对。李东也认同老婆的看法，不过反正现在女儿已经脱离苦海了，也就无所谓了。

吃完饭回到家后，天已经黑了。路过范超越他们家时，里面的灯亮着，李东看见平时和他经常打招呼的一个租客站在那家，和男主人聊天。孩子还不愿意回家，尽管院子里没有其他小孩，她也要待一会儿。李东陪着她。过了一会儿，那个租户出来了。李东忍不住问他干什么去了。租户说，我想把门口那个门面租下来，弄一个蔬菜水果的铺子，刚刚和房东谈了谈。李东惊讶地问，房东？租户说，是啊，就那家，儿子好像和你女儿还是同班同学吧？李东问，那门面房是他们家的，什么时候买的？租户说，听说买这个房子的时候人家同时买了门面的，好像还不止买了一个。

回到家后，孩子去看电视。李东叫老婆来到另外一个房间，对老婆说，你知道外面有好几套门面房都是范超越家的吗？老婆说，不可能吧。李东把刚才碰到的情况告诉了老婆。

这也太有钱了，老婆说，听说一个门面房一年的租金都五万呢。李东说，还不止一个。

唉，李东老婆说，人家这家庭，即使孩子不好好学也没有关系的吧？说不定一辈子的钱都给攒够了呢。

李东说，到时候还不知道怎么样呢，学习好才是最重要的。

过了三天，本来李东该接女儿，结果单位又加班。他回来晚了。回来后就觉得家里气氛很不对。老婆把卧室的门关了，以免客厅的孩子听到。她激动得嘴唇都有点发抖了。对李东说，咱们必须去跟这个班主任谈一谈了，怎么了？李东问。老婆说，她竟然又把范超越跟咱家女儿调到一起了。为什么？李东问。还不是别的孩子受不了范超越，都不愿意跟他同桌嘛，老婆说，这也太欺负人了。李东说，这必须去找她，明天我就去。老婆说，你说是不是咱们没给她送东西的缘故？

当初刚入学，老婆就打算送东西，但被李东给拦住了。老婆说，肯定得送啊，以前咱们给幼儿园老师送点钱，对女儿的好处你又不是没感受到，小孩子就是这样，老师表扬一句，就会有很大的促进作用，可比你费半天唾沫强。李东说，问题是现在这个小学不一样啊，咱们能送多少，刚刚入学不到十天，就有两个家长为孩子生日送全班礼物了，一个铅笔盒，一个橡皮，在网上一查，都是好几十的东西，一个班四十五个孩子，这得花多少钱，我的意思是，和这些家长拼比，你去送钱，肯定送不过人家的，说不定还有什么反作用呢。就让孩子做个普通孩子，李东说，自己努力点，不惹老师烦就行了。

现在老婆旧事重提，李东突然有点窝火，对她说，那你去送去，你有钱送？

当天晚上李东没睡好，他一遍又一遍地设想如何和老师交谈。第二天早上给老师打电话，老师说第一节就是她的课，时间来不及。李东想约晚上。老师对他说，晚上我也有点事啊，有什么事你在电话里说嘛。李东就把情况跟她说了。李东说的时候，老师一句话也没回，李东说完后停了好一会儿，他都怀疑电话那边是不是有人了。老师说，范超越同学刚来，还和同学们不熟悉，还在适应环境的过程中，我主要考虑你们不是同一个小区的嘛，生活中也熟悉，两个孩子在一起坐了一段时间，其实也没有产生什么影响。老师说话速度放得很慢。当然，你如果觉得不合适，我可以调整。李东之前还没怎么和她打过交道。听着她的声音，突然就涌起了一股怒火。这就是不面对面谈的问题。如果是面对面，李东肯定不会说出下面的话，他提高音量说，怎么就没有影响呢？孩子最近明显没有原来那么专注了。老婆本来在给孩子梳头，在走道里，专门跑进房间，用询问的眼神看李东。其实说完后李东也感觉自己的态度有问题。那边的反应也很迅速，声音变得很冷淡，好了，你也不要担心了，我今天就给你家孩子把座位调了。李东的怒火又涌了上来，但他还是克制住了自己，说，那谢谢老师了。但他还没说完，对方已经把电话挂掉了。

蔬菜：夏天的中午，我妈让我去河对岸的地里摘西红柿。太阳晒得我头皮发烫。我讨厌去摘西红柿，我讨厌去挑水，我讨厌去河里涮墩布。我先下到公路上，远处高一些的路面被太阳晒得微微晃动。我穿过公路，从另外一侧的台阶走下去，踩在滚烫的石头上。我走向河面，踩着河水中间的石头，向河对面走去。水在石头中间流过，透过水看见湿淋淋的河床。我慢腾腾地过了河，走进了高大的杨树中间的小路里。树荫里的小路像山洞似的。再往前走，再左拐，就是我家的地了。在这幅情景的四周，是连绵的群山。

原来班主任老师根本不会注意到李东的，她跟着学校的队列到了接送点，很快就被其他熟悉的家长给围起来了。但打完那个电话的第二天，情况不一样了。尽管她没有把目光投向李东，但当李东看向她时，他能感觉到她处在紧张的状态中，她一副想装出若无其事的样子，但她注意到了他，并且可以明显感觉到不想搭理他。之后老婆接孩子，回来也反映，老师现在变得怪怪的。李东还考虑过怎么能把情况给缓和缓和，后来他又想，她又能怎么样呢？于是跟老婆讨论好几次，最终也没有采取行动。她不搭理咱们，咱们也没必要贴上去嘛，原来那样互相不认识不也挺好的嘛，他这么跟老婆说。再说了，孩子不跟范超越同桌后，现在做作业的状态又稳定了下来，相信以后老师再也不会把范超越跟咱孩子放到一起了。也算好事，李东还对老婆说，最起码让老师知道咱们也不是好惹的，人就是这样，你不反抗，他就会觉得你好欺负，跟你没完没了的，但你一反抗，他就会收敛了。

李东老婆对李东说，也不知道是我的错觉还是怎么，那个范超越他妈也怪怪的，平时见了打招呼也没有反应，去接孩子的时候，我跟人聊得好好的，她一过去就把大家给叫到自己身边，一副不让大家跟我说话的模样，搞得我尴尬死了。不理就不理吧，李东说，就当大家不认识呗，又不会少块肉。

又过了几天，老婆一进门就对李东说，真是气死我了。李东问怎么了，老婆说今天她停了车，突然听见后面有人让她再往前开，并且语气很不客气，好像她做错了什么事似的。她从后视镜一看，是范超越他爸。她没有理他。她之所以不往前开，是因为前面有一辆车是斜着停的，中间留的位置不宽，如果她开过去，就没有足够的空间供电动车自行车进出了。后来呢？李东问。老婆说她没有搭理他，就把车停在那里。下车后看见他一直盯着她看，一副恼火的样子。当然，最终他也没做出什么举动来。现在我真是后悔，我应该当面去问问他为什么那么说我，他凭什么用那样的语气跟我说话。过了会儿，老婆还是平息不下来，妈的，她骂道，有钱了不起啊，不要他妈的再招惹我，不然我让你吃不了兜着走。在李东听起来，老婆放这样的狠话是毫无意义的，你怎么可能让对方兜着走呢？不过还是安慰老婆说，不要跟他一般见识了。

肯定是班主任把情况告诉了他们，老婆说，李东我跟你说，事情不会这么完结的，不是说你不理他们他们就不找你麻烦了。

半夜的时候，老婆突然腾的一下坐了起来，说，李东李东，你快看看，是不是有人砸咱家车。

半夜：无

那天李东加班，到了晚上八点多，活还没完，领导一遍一遍地改讲话稿，一会儿觉得这里不对，一会儿觉得那里不对。中间李东上厕所，拿着手机看了起来。他突然看到学校的家长群里，老婆发了好多条消息。有一条说，谁都不要小看人。又有一条说，告诉你们，谁欺负我家孩子，你给我小心点。李东连忙打过电话去。老婆在电话那边咬牙切齿地说，你家孩子被人给打了，腿上黑青一团一团的，这不是一天两天留下的，你不知道孩子被吓成什么样子了，都被欺负成这样了，还不敢跟我说，还说是自己撞的，我什么手段都使上了，才告诉我是范超越给掐的。我给你打电话，你他妈也不接，你是什么意思你？

说老实话，我最近就觉得不对了，每次孩子在院子里玩，只要那个范超越出现，孩子就躲来躲去的。有好几次，我看那范超越分明是故意用自行车撞咱家孩子的，我当时还以为小孩子在一起玩呢。没想到这小狗日的这么狠。最近李东一直加班，没怎么在院子里看过孩子，对这些情况也不了解。

李东对老婆说，你等等，我马上就回去了。李东没有再回办公室，给领导打电话请了个假往家赶。中间老婆给李东一次又一次地打电话，就好像一秒钟也等不及了。

孩子班主任也把电话打了过来，劈头盖脸地问李东，你老婆怎么回事？你们家的人讲不讲道理？李东说，你什么意思？我家孩子被打成那样，你怎么这种态度？班主任说，孩子打没打，在哪儿被打，现在咱们都还不确定，我也说马上就处理，但你老婆在电话里说什么你知道吗，在群里怎么说话的你知道吗？我什么时候歧视你们了？李东打开微信，老婆果然又发了很多条。最后老婆被班主任给移出了家长群。老婆发的最后一条是：班主任、范超越家长，如果你们管不了范超越，那可就别怪我了。

李东赶到家时，发现老婆在阳台上团团转，手里紧紧地捏着一把改锥。李东把孩子叫过来，开了灯仔细查看，大腿上果然有两处黑青，一处是膝盖正上方，应该是磕碰的，另外一处确实是被人掐的。

你看见了吧，我真想捅死这些狗日的。老婆说。从阳台上看下去，光头以及那个踢过李东车的女人聚在一起，也不知道在聊什么，不时传来哈哈大笑的声音。

李东对老婆说，我刚和他们班主任说了，他们班主任说明天一上班就了解情况。

老婆说，了解个屁，孩子说她最起码找老师反映了三次了。每次老师都是口头上训一训范超越。每次训完，范超越就会更加恶狠狠地报复孩子。所以后来孩子都不敢跟老师反映了。

就在这时候，班主任的电话又打过来了，说是她联系了范超越家长，范超越他爸妈说要来看看。他爸妈说肯定会负责的，他们的态度挺好的。

李东开着免提，他看见，老婆的表情马上就变了。连忙掐了电话。这是什么意思？他们的态度好，难道我的态度就差吗？老婆喊了起来。

等老婆平息了一些，李东又给班主任打电话。

他从来没有跟人讲过那一刻他的感受。他脑子里想的只是，如果范超越父母来到自己家，看见水泥地、看见破了洞的房门，看见卫生间和厨房瓷釉被磨去了的水池，看见油腻腻的窗户，看见湿淋淋的掉了皮的房顶，他们会是什么感受？李东感到羞耻。他想去把厨房门和卫生间门关上。但他又克制着自己，他担心老婆看出来他的心思。

李东对班主任说刚才信号不好，电话突然断了。

李东希望能有一个恰当的理由，可以拒绝范超越父母来家里。最终也没有找到。

他们把楼梯踩得咚咚作响。打开门后，李东发现一家三口都来了。两个大人手里都提着东西。范超越跟在父母身后，低着头一声不吭。家里顿时拥挤了起来。好几次李东撞到了墙，踢到了地上的鞋子。李东老婆脸上的肉耷拉着，抿着嘴唇把目光投向别处。范超越父母道歉，孩子呢，让我们看看孩子，你们放心，我们会承担所有责任的，是我们没有管好孩子。他们看李东孩子腿上的黑青。你们说怎么办就怎么办，我们全力配合，以后肯定不会这样，我们会好好收拾范超越的。他们说。

能说什么呢？

他们要留下钱，李东想拒绝，但对方不由分说。我们想不出办法，我们只能这样了。他们说，我们希望孩子不要留下什么阴影，以后还能好好相处。

一点问题也没有。

他们走后，李东老婆用尽全力踢他们带来的盒子。他们态度好！她咬牙切齿地说，他们有素质对吧？他们以为钱就能摆平一切事情是不是？

楼梯：无

第二年暑假，他们还是搬回自己的房子住了，孩子也转学到对口的小学上学。租他们房子的人在门上贴了个福字，他们回来后才想揭下来，结果一揭发现后面是个洞，应该是用拳头或者锤子之类的砸出来的，还有空调也坏了，门把手掉了两个。想当初，租他们房子的年轻人说，哥，我们都是刚参加工作，没有钱，你们给便宜点吧，哥，我们没有钱，你们能不能不要收押金啊，放心好了，我们肯定会好好爱护你的房子的。结果他们走的时候都没有跟李东他们打照面，李东给他们打了十来个电话他们才接，说钥匙放在楼下邻居处。当初把房子交给他们的时候，李东和老婆给打扫得干干净净的，他们呢，把房子里弄得乱七八糟，一进来就是一股恶臭。

李东和老婆花了差不多一个星期，才把房子打扫出来。每一个犄角旮旯他们都仔细摸擦过了。想想这两年租的房子，想想房子里简陋的咯吱咯吱作响的家具，再看看现在干净整洁的房间，他们的心情好了起来。最主要的是停车位充足，他们当初没有买车位，但是可以租，一年才六千块钱。再也不用大早上的给别人挪车了。小区院子里环境也好，一方面是因为没有停的车，另外一方面是因为新小区有绿化，尽管是些低矮的小树和草地，但也要比租住的房子好多了。

孩子很快就和幼儿园时候的同学恢复了联系。过了没多久，就有小区里的孩子来敲门找女儿玩。他们在院子里发出尖叫声。

舞蹈课

　　窗台上黏腻腻的，一只飞虫第三次向着窗户玻璃撞去。楼道的另外一边，不时传来一个尖锐的喊口令的女声。陈大海在这里已经站了半个小时了。现在他把支在大理石窗台上的胳膊肘抬了起来，然后捡起两颗皱巴巴的烟头，从纱窗下面的小孔塞了出去。天气多么热啊，整个后背都被衣服给黏住了。陈大海把手收了回来，又长长地叹了口气。

　　叹气的声音如此之大，陈大海连忙回头看了看。见没有人，他再次把脑袋耷拉在肩膀上，皱起了眉头。让陈大海闷闷不乐的有三件事，一件是刚才他接到一个电话，上司让他明天去榆次接一个人，而明天是周六，他本来还答应和孩子去水上乐园游泳的。我为什么不拒绝他呢，陈大海苦恼地想。第二件事是房子的事，四年前，陈大海在河西买了套房子，说是两年交房，但一直拖到了现在，一次又一次有消息说马上就要交了，今天又传来消息，说是五月份肯定交，但陈大海感觉，这次仍然会像以前一样泡汤的，想到这点，他就恨不得打碎点什么东西。

最后一件是刚才上楼梯的时候，他偶然听见两个家长的对话。其中一个说，她肯定会拖后腿的。我不知道为什么老师要带她。另外一个说，可不是，她从来没跳到点上去，要么快要么慢，咱们孩子的成绩会被她拖下来的。陈大海马上就想到，这说的是应该他的女儿，女儿报的舞蹈班周六要去参加市里的比赛，陈大海知道，女儿从小就没什么运动天赋，他跟老婆说过几次不要让女儿学跳舞了，老婆都不同意，她说又不是要做舞蹈家，只是锻炼锻炼身体而已。那就别参加比赛，就练舞就行呀，陈大海说。可是他女儿不愿意，因为比赛有比赛的专门服装，看上去很漂亮，金光闪闪的，她非要参加不可。

陈大海现在所在的地方，就是女儿学跳舞的学校楼梯间。这所舞蹈培训学校在十八层，租用了门对门的两套楼房。培训教室的门上、墙上到处都贴着在各个电视台演出的学生照片。平时女儿仅在周日上午跳舞，但是这次因为周日有比赛，而有的动作还没熟练，所以今天和明天下午都得来练，从六点到七点半。今天女儿还上学，学校五点一刻才下课，所以时间很紧张。陈大海几乎是带着女儿一路跑到了肯德基，吃完饭到了教室，还是迟到了几分钟。

刚才一上来，看到楼道两侧坐着的家长们，看到他们交叉在楼道里的脚，陈大海就觉得喘不过气来，他把女儿送进教室，然后直接来到了楼道尽头的楼梯间。女儿上舞蹈课的时候，他常常在这儿待着。从窗户玻璃看下去，街道变得又窄又长，挤着满满的车。陈大海烦闷地想了会儿事情，突然间发现，路灯都亮了，天黑了下来。身后的楼道里家长们的窃窃私语传来。还有熟悉的韭菜和香烟混杂在一起的气味。

陈大海一边看着对面的窗户一扇扇亮了起来，一边想到上司蜡黄色的脸，那上面一直有一层油光。我又不是你的私人秘书，怎么能让我给你干私事呢？陈大海对上司的厌恶不只这一点，他还厌恶上司跟自己说，在我退休之前，我一定要把你提拔起来，他说得就好像自己能做成这件事似的，他还厌恶他……

有脚步声从楼道里走了过来，陈大海连忙往楼梯下走，他不想和陌生人待在一起，尤其是别的学生的家长，他最害怕孩子和别的孩子打招呼，孩子和别的小朋友打了招呼，他就觉得应该和对方的父母说点什么，但是他又没什么可说的，只能站在原地。陈大海在楼梯拐角处停下来，靠在墙上，如果对方往下走，他就到下一层去。对方脚步声停了下来，脚步声很沉，他想象对方是一个身体胖胖的男人，家长们中间有好几个这样的人。也许是那个一直看手机的，他无论什么时候都在看手机。陈大海听见对方正在打开窗户，他此刻应该正站在他刚才所在的地方。

　　不知道对方在这里还要待多久，这本来是陈大海习惯待的地方，他看着黑暗中闪着绿光的安全出口标志，又开始想起来了，上司刚刚爬到这个位置上并没有多久，陈大海还记得，没升职之前上司坐在桌子后面，灰头土脸地说，你千万不要像我这样，坐在这儿，一辈子就这样过去了。那时候他一整天坐着，也不发出点声响，到下班的时候，因为长时间对着电脑，他的脸上泛出一层油光。现在呢，他好像变了个人似的。动作比原来也多了，话也比原来多了，楼道里常能听到他的喊声，他叫这个人的名字，叫那个人的名字。如果我跟他说他的变化，他会是什么反应呢？

传来擤鼻涕的声音，陈大海突然清醒过来，这是那个站在窗户旁的人发出的。陈大海听到擤鼻涕的声音就会难受，就好像你分明感觉有个地方在痒，但是怎么找也找不到确切痒处的感觉。咬着牙忍了半天，那个人终于停了下来了。陈大海等了一会儿，周围没有声音传来。说到变化，上司还有另外一个，他变得爱磨蹭起来，原来出个门，一起去哪儿办个事，他每次都不会迟到，现在呢，他没有一次准时过，哪怕两个人一起去吃个午饭，他出门都会用半天，让陈大海在楼道里等，有时候他出来了，抓着门把手就好像忘了什么似的，又返了回去，几乎每次都是这样。陈大海脑子里出现上司发黄的牙齿，他坐在会议室的桌子前，一边抽烟，一边把茶杯端起来喝一口。杯子里每次都是满满挤在一起的茶叶。

　　那个站在窗户旁边的人又弄出了声音，这一次把陈大海给吓了一跳，陈大海一直以为对方是个男的，结果对方是个女的。她开始打起了电话。她说，算我求求你了行不行？我真的求求你行不行，不为了我们为了孩子行不行？她的声音里带着哭腔，好像马上就要哭出声来了。我知道，她说，我知道，我也一样，你以为我就不会碰上你这种情况？我每天都会，你那不算什么，同样的话，我都听过一百遍了。今天下午，她还对我说让我滚，我也跟你说过，她每次开会都要当着我们的面放屁，比你那还要糟糕，真的，但是没有办法，哪儿都是这样的。你不要想那么多。她停了一会儿，应该是听对方说话呢，现在她又说起话来了，你不要想那么多，你就是打个电话而已，你打过去就道个歉，你就说我错了，你就照我这么说，你就说，我错了，我下午太冲动了，我诚恳地跟你道歉，我以后再也不这样了，我保证，我家里……好的，不说家里，你实在不想说，就别说了，你就道个歉，你就说你需要这份工作，你就说我还想回去上班……

陈大海听不下去了，他慢慢地，蹑手蹑脚地沿着楼梯往下走，他都忘记自己走了多少层，停住了脚步，推开楼梯间的门走进了楼道里。一进去，他就眯起眼睛，光线太强了。前方，一块巨大的玻璃门，玻璃门里有一个巨大的鱼缸，一个穿着黑色丝袜黑色套装的女的，站在玻璃门里的柜台那里，这些亮闪闪的图像，让陈大海马上又退回了楼梯。

他想起来了，这里是一个健身房，每次送孩子过来时，都会在大楼前碰到发传单的业务员。电梯里也有这个健身房的广告。刚才那个女的多漂亮啊，陈大海想，她的胸部在衣服里挺挺的。

陈大海沿着楼梯往上爬，等他回到十七层的时候，发现上面那个说话的女声不见了。陈大海装作路过的样子，沿着楼梯继续往上走。窗户边没有人了。陈大海听了听，楼道里还和之前一样，远远传来嗡嗡的对话声。陈大海又把胳膊支到窗台上，马上又抬了起来，因为窗台上湿湿的一片。

家长们请过来，楼道里传来老师的声音，陈大海走过去，看见胖的瘦的高的矮的人们全往教室门里走，后面的伸着脖子。大家可以拍个照片，老师拖长了音调说道，还有，今天就会把大后天比赛的服装发给大家，大家千万保存好，不要弄丢了。陈大海没有进去，他站在外边，等着里面又跳了一遍之后，领着孩子回家了。

第二天中午刚吃完饭，上司的电话就打过来了。他说让陈大海早点出发，他已经把陈大海的电话告诉了对方。陈大海喝了一罐红牛，尽管如此，他在半路还是感到瞌睡，把车停在路边的荫凉地里睡了十分钟。结果刚进榆次城，上司的电话又打过来了，你还没到吗？他问。陈大海说，马上就到。你快点，上司说，对方等了好一会儿了。

陈大海照着导航到了目的地，给对方打电话，通话后他才发现对方是一个女的。她在电话里对陈大海说，稍微等会儿，她就出来。

陈大海把车靠边停着，这是一条双向四车道的路，边上人行道很窄，没有自行车道。车停在这儿，对过往车辆形成了障碍。这让他很紧张，还好的是，现在一点多，并不是高峰期，来往的车辆还不多。

尽管榆次离太原很近，但陈大海还没有来过，他看了看四周，和太原的街道也没有多大的区别。路对面也有蓝色铁皮围起来的工地，黄色的吊车臂伸在空中一动不动。这么多年，一直有一个传闻，说是榆次要和太原合并，每次说得都好像是真的似的。

陈大海计算了一下时间，心里想，这样倒比原来要好一些，原来说三点来接，在半下午，也就意味着整个下午都不见了。现在呢，回去大概连三点都不到，还有几个小时的整块时间，干点什么呢？游泳的事取消了，老婆说晚上还得跳舞，第二天还得比赛，太累了，下星期再说吧。还好的是，陈大海家的孩子比较听话，没有什么反对意见。陈大海可是见过别的小孩，一不如意就大喊大叫，大哭大闹。不过一转念，他又想，为什么自己家的孩子是这样呢？

应该和他和他老婆的性格有关系，他又想，自己的孩子长大后，会不会和自己一样，也不敢拒绝别人，活得窝窝囊囊呢。想到这一点，他竟然有点害怕。他想起女儿还小的时候，有一次他带着她去院子里的滑梯上玩，女儿在滑梯上站住了，后面有一个小朋友。他对女儿说，不要站着，要往前走，但是女儿没有动，扭回头向后面已经挨住自己的小朋友看。他朝她大喊，快往前走，没看见挡着别人吗，女儿呆住了，被他的大声给吓了一跳，竟然咧着嘴一副要哭的样子。他伸手把她从滑梯上抱了下来，放在地上，给后面的小朋友让开了路。你哭什么，不要挡别人的路，我跟你说过多少次了啊。他抬起头，突然发现一个老太太用奇怪的眼神看着他。好像从那之后，孩子就再也没做过挡别人路的事情了，但是他有时候就觉得，是不是自己做错了呢，当他看见别的小孩大吵大闹，家长并不怎么管的时候，他想，自己孩子长大后，会不会被这些人给欺负？安分的孩子是因为遗传还是教育呢？他多希望是遗传因素啊。

　　二十分钟过去了，那个女的竟然还没有来。陈大海再次打她的电话，她说，好的好的，我马上就过去。挂了电话后，陈大海特别想给上司打个电话，你这是什么朋友啊，陈大海想说，我都等了二十分钟了她还没来，再不来我就走了啊。他甚至想了一下如果那个女的过来，发现自己已经走了，不知道她会有什么反应。

尽管她说快了，结果又用了七分钟，她才过来。她戴着一副遮住了半张脸的墨镜，上了车也没有摘下来。她的两条手臂很白，和红嘴唇银色尖头高跟鞋一起发出光来。她一坐进后座，一股浓烈的香气就充满了车厢。她不是一个人，还带着一个几乎和她一样高的男孩，男孩很胖，穿着阿迪的衣服裤子鞋，鞋子上有金色的条纹。

她向陈大海道歉，说自己本来要走，结果又来了个客人。陈大海说没关系。

陈大海开着车往前走，他们在后座上说起话来。

男孩问，妈妈，刚才那个人办了多少钱的卡？

女的说，八千的。

男孩说，妈妈我觉得她以后肯定能成咱们的固定客户，我看见她跟你说话时，眼神显得特别羡慕。

女的说，真的吗，妈妈没有注意到。

男孩说，妈妈我发现你现在表现越来越好了。

女的说，妈妈要为了你努力，你也要努力，妈妈最近给你看了个班，打算给你报上。

男孩说，是一年三万六那个吗？

女的说，我之前跟你说过？我都忘了。

男孩说，我听我们班好多人说那个班特别牛，但是太贵了，没人报。

女的说，妈妈挣的钱都是为了你。

男孩说，妈妈你知道吗，你比我们班许多同学的爸爸妈妈加起来都赚得多。

陈大海把车停在公交公司门口，母子俩下车后离开了。我姐姐住在这里，女的最后跟陈大海说的话是这样的，我父母都是太原人，我在太原也有买的房子。

陈大海正往后倒，都快倒到马路上，马上就能上主路开走了，一辆车鸣着笛冲了上来。陈大海把脑袋伸出去，对着后面的人说，我要出去，请让一让。一个圆滚滚的脑袋在驾驶室里一动不动。陈大海再次把脑袋伸了出去。后面的车门突然打开了，那个大汉走了下来，他向着陈大海走了过来。就在这时候，陈大海的手机响了，他看见是上司的号码。你什么意思？那个人一只手抓着陈大海的车窗。我要倒车，陈大海说。这他妈是小区门口，这他妈是入口，你看不见啊，大汉说。你们他妈的都是怎么想的，跑到别人小区门口来倒车？

陈大海想喊刚才的女人，但是她的距离已经远到几乎看不见了。实在是不好意思，我送个朋友，陈大海说，不好意思哥们，你给我让一下吧，要不然你也进不去。大汉返回了自己车上，停了足足有两分钟，才把车往后倒去。

上司的电话又打了过来。送到了吗？他问陈大海。陈大海停顿了有几秒钟没有说话。喂？陈大海？上司在那边叫道，喂？陈大海你说话。陈大海说，送到了，她和她儿子应该都已经回了家了。陈大海急着想挂电话，但上司的话没完没了，你觉得她怎么样？长得怎么样？身材呢？上司的问题一个接一个，陈大海只好放慢速度，把车停在了路边。阳光太刺眼了，他把遮阳板放了下来。

晚上，陈大海又带孩子来跳舞了，他觉得累，拿着手机，像别的家长一样，坐在楼道里的椅子上。他的右侧坐着一个老年妇女，拿着一堆红白两色的宣传页，她一边看一边念出声来，她呼吸的声音很大，呼哧呼哧的。他的左边是打开的教室门，可以清楚地听到里面传来的喊声，一二三四、二二三四。声音很大很尖，仿佛用尽全力才喊出来似的。

我们太软弱了，业主群里有人说，开发商太欺负人了。我们必须维权。

另外一个人说，同事比我晚买两年，现在都住进去了。

唉，还有人说，本来买的准备结婚用，现在孩子都要上幼儿园了，还落不了户。

这些话这些年在群里一而再再而三地重复，现在看起来都没什么感觉了。

一交房我马上就卖。一个女的说，我也不想住了。

没有大红本你怎么卖？有人说。

大红本应该没问题吧，咱们都网签了。那个女的说。

这样的消息也常常会有，老有人把情况说得很糟，刚开始陈大海看到的时候觉得恼火，他不明白，为什么有人好像有受虐症似的，老是提供一些负面消息呢。不过情况总是按照那些人说的进行，让你一点办法也没有。

陈大海关掉了业主群。他进了朋友圈，手指扒拉着屏幕往下拉。他突然发现有一个好友申请，打开一看，是一个女的，面貌有点熟悉。过了好一会儿，他认出来了，这个女的正是下午他替上司接的那个女人。他通过了她的好友申请。

下午麻烦你了，女的说，我的车被人撞了，刚修好，所以麻烦你了。

没事的，陈大海回复说。他打开对方的朋友圈，看见

第一条就是一个奥迪方向盘的照片。配文是，还是自己的车开着舒服，我现在都坐不惯其他牌子的车了。

陈大海继续往前翻对方的朋友圈，他把那些自拍照一个一个地点开。这些自拍照看上去要比本人漂亮得多。突然间，陈大海发现了上司的留言。

返回去从最新的看起，陈大海发现了许多条上司的留言。这个女的前天发了一条说，怎么办，明天想回太原的房子看看，但是车子还在4S店。上司回复说，我安排个人去接你。在这个女的一张自拍照下面上司留言说，太性感了，真想哪天见见你本人。还有一条，上司回复说，虽然未曾谋面，但你已潜入我心。

陈大海发现自己的手都在发抖。原来这个女人仅仅是上司见都没见过的一个网友。陈大海把举着手机的手放下，他害怕别人看见自己的手抖。但是即使放下了也不行，他感觉自己整个身体都要抖起来了。

陈大海站起来向着楼梯间走去，一个老头迅速地向着他的位置扑去，把椅子撞得在地上发出刺耳的摩擦声。

把胳膊肘支在了窗台上后，陈大海不再克制自己了。他的身体整个抖动起来，并且越来越剧烈。胳膊磕在窗台上，他越是想在胳膊上用力，胳膊越是磕得厉害。陈大海把胳膊拿了起来。用腹部抵着窗台边。他就那么抖了许久。

最终，在深呼吸了好多次之后，陈大海终于能恢复成惯常的姿势了。他装作像往常一样，目光从对面的一层一层的窗户往下看。他再次看到了那扇磨砂玻璃，也许里面的住户不知道，当他上厕所的时候，外面的人是能看见他的肥大的身躯的。一只鸽子落在对面的一个窗台外面，不时扭动着脑袋。

说好的从六点跳到七点半，当陈大海看表的时候，已经是七点半了，差不多一个小时的时间眨眼间就消失了。陈大海返回了楼道等着，舞蹈课还丝毫没有结束的迹象。座位坐得满满的，陈大海只能靠墙站着。对面坐着的人们可以看见教室里的情景，他们伸着脑袋往里面看着。

陈大海已经把每个人都看了一遍了，这些脸他也都熟悉了，他想和一个盯着他看的老年男人对视，但很快就败下阵来。对方突出的眼珠一副要找碴的模样。他试着多看一会儿那个总是穿着不到膝盖的短裙的女的，也败下阵来了。

其中一个吸引到了他的注意力。那是一个胖圆脸，脸上满是疲惫的表情，但是她坐得直直的，看着教室，眼睛几乎一下也不眨。

　　突然，教室里传来跑动的声音。陈大海把身体从墙上挺起来，看见有孩子跑了出来，有家长问，怎么回事？孩子回答说，休息一会儿。那个老太太放下了宣传单，伸出手搂着一个女孩。你饿了吗？女孩说饿了。老太太说，我给你带了吃的。女孩吃起面包来，她还喝酸奶。陈大海又靠回了墙上。

　　胖圆脸身边也站着一个孩子，胖圆脸打开塑料袋，里面是韭菜饼子，陈大海已经闻了一晚上这个味道了，原来是这个人的。小女孩咬了几口，拿着水杯喝了水。

　　胖圆脸在女儿耳朵边说话，她的声音很低，但是陈大海听见了，她说，你后面的手伸得不直。

　　陈大海又看表，已经七点四十了，这还只是休息。既然七点三十结束不了，为什么要通知说七点三十呢？如果说要跳得比一个半小时长，陈大海完全可以回家休息一会儿，然后再来接。而不是一直坐在这里等。每个人都说话不算话，陈大海想，不讲规矩，不把别人的时间当回事。

　　一个老太太走了出来，她是学校负责人的母亲，当她第二次经过时，突然对小孩们说，你们别在楼道里，马上就要比赛了，不要感冒了。第三次经过时，她对大家说，家长们可以进去了，可以拍照。

就好像有人摁下了开关似的，坐在椅子上的人们一下子全站了起来。大家都起来后，陈大海也站了起来，后来发现还是有一两个玩手机的人没站起来，但是现在再坐下有点奇怪，他随着大家进了教室。

他的位置靠后，看不到孩子，他也没有打算移动一下位置，他甚至有点害怕看见孩子跳舞。

舞蹈分为两组人，一组穿白色衣服，另外一组穿金色衣服。穿白色衣服的年龄要大一些。先是穿白色衣服的四个人跳，然后穿黄色衣服的上场一起跳，她们挥动胳膊啊，抖动手里的手帕啊，站起跪下啊。其中穿白色衣服的有一个动作，跪在地上，上身前倾，右手抬起来，竖着摆出鸟嘴巴的形状。

每次送孩子来学跳舞，陈大海都能听见教室里干巴巴的喊口令的声音，那声音又用力，又没有悦耳的感觉，他甚至为喊出这个声音的人感到害臊，现在他看见对方了。

这是一个很瘦的女的，衣服就好像搭在身上似的，她的年纪已经不小了。此前陈大海一直以为老师们都是学校的学生兼职。这个女的一个肩膀高一个肩膀低，当她扭过来跟家长们说话的时候，仍然也是那种难听的音调。她说话时一只眼睛高一只眼睛低，嘴巴歪着，脸上的动作一刻也停不下来。

她靠在墙上的镜子上，突然间向其中一个穿白衣服的女孩子走过去，那女孩正在做鸟嘴那个动作，她走过去后，在女孩的手上连续打了两下，要离开时，又返回来打了一下。要把手给我伸直，她说。

陈大海并没觉得这个女孩的动作不标准。就在这时候，陈大海一转头，看见了刚才那个胖圆脸。她竟然找到了一个位置坐在椅子上，她坐得直直的，看着前方，脸上一副愁眉苦脸的模样。

这时候陈大海才发现，那个被老师打手的女孩正是刚才在她身边吃东西的女孩。

灯光下看起来，女孩要比胖圆脸漂亮一些，不过也是胖胖的。她用力地跳着，脸上都是汗珠。

终于，舞跳完了，刚才的老太太又走了进来，她跟大家说，明天早上七点半，一定要准时到幼师学校，比赛在那里举行。家长们还要记得，给孩子化好妆，把衣服都带齐了。

大家站在电梯外，等着电梯。一共两部电梯，左边的只在单层停,右边的只在双层停。陈大海和女儿每次出来,如果看见人多,他们就会往上走一层,走到十九层顶层,这样人就会少一点,但今天他们出来得比较早,几乎是第一个走到电梯旁的,所以陈大海就打算在这层等着。

陈大海带着女儿站在电梯的右侧,以免有人从电梯里走出来。

第二个出来的是那个看传单的老太太,她带着孙女直接走到了电梯门口,正好挡住门,她好像根本不在乎电梯里的人怎么下来。后来出来的人,要么在电梯左侧,要么跟在老太太身后,很快,电梯门口就站得满满的了。

电梯门打开了,里面只有一个人,她往外走时,大家让了好几次,终于费力地走了出来。

突然间,电梯就变得满登登了。

最后走进来的,是那个胖圆脸,陈大海是倒数第二个走进电梯的。

陈大海拉着女儿的手。他看见,胖圆脸女儿脸上有泪痕,现在还在抽泣。胖圆脸正在接电话。

你别说了,胖圆脸对着电话说,我进了电梯了,我知道你的意思了,你别废话了好不好,她突然喊了起来。然后她狠狠地把电话挂掉,脸对着电梯门。

一瞬间，陈大海觉得血往上涌，他听出来了，这个女的正是昨天晚上自己在楼梯间听到的那个声音。

陈大海想显得放松一些，他尽量控制自己的呼吸。

电梯下行，在十六层停住了。站着两个女的，其中一个穿着高跟鞋阔腿裤戴着墨镜，嘴唇红红的，脸上白白的。看见她的第一瞬间，陈大海甚至心跳加快了一下，他以为自己看见的是昨天给上司接的那个女的，她们太像了，这个女的竟然也穿着一双银色尖头高跟鞋。所不同的是，这个女的的墨镜边是金色的，并且很亮。另外一个女的穿着运动装，背着个包。

她们两个走了进来。陈大海被人们带动着往后靠了靠。他使劲拉着女儿的手。

阔腿裤女的抬起手扶了扶自己的墨镜，一股香气弥漫在电梯里。

阔腿裤女的说，你这样不行，你给她们开的工资太高了，这里房租这么贵，我去过多少个美容院了，没见过你们这里这么高工资的。你得给她们减工资，要不就直接辞了她们，再找人，怎么可能这么高的工资呢。

运动服说，都是些老员工，我也觉得有点高。你们那里低吗？

阔腿裤说，我没有一个店像你开这么高工资的。

电梯在十楼又停了下来，电梯门一开，就听到震得地都在颤动的音乐。

门口站着三个人，都是女的，这三个女的都是陈大海经常能碰到的，她们是健身房发传单的。

她们化着浓妆，穿着统一的粉色运动紧身衣，头发一个是红色，一个是黑色，另外一个是紫色。

三个中紫色头发那个，没有丝毫犹豫就朝电梯里走进来，另外两个犹豫了一下，也往里走。

人们开始调整位置，阔腿裤女和运动衣女站到了右侧边上。胖圆脸和陈大海站在了后来三个女的的后面。胖圆脸用手护着女儿推着紫头发，以免挤到女儿。

紫头发回头看了一眼，皱了下眉头，一挺腰就往后靠，后背贴着胖圆脸的手，胖圆脸的手，一下子挨在了女儿脸上。

你慢点好不好，胖圆脸说，有孩子呢，看着点。

紫头发扭回头看着胖圆脸，瞪着她看。胖圆脸没有和她对视，仍然用手护着女儿。

紫头发翻了个白眼，扭回去和自己的同伴说起话来。她一边说话，一边往后靠。胖圆脸不得不用力顶着对方。

你不要挤了好不好？胖圆脸说。

电梯你家的啊，紫头发几乎是喊了起来，哪儿挤了，把你挤坏了吗？给我看看，哪儿坏了？

陈大海低着头，看着胖圆脸用力的手，他闻到紫头发散发出来的香气，女儿也低着头，陈大海突然发现，女儿把自己紧紧缩成一团，好像不想占据一丁点空间似的。

陈大海伸出手，推住她用力往前。紫头发皱着眉头向他看来，你干什么你？她的声音更大了。

陈大海看着她肥厚的上嘴唇，看着口红上面淡淡的胡须，他挥起拳头打在了对方的脸上。

紫头发捂着自己的脸。陈大海再次举起拳头，又对着她的脸打了出去。

接下去他用最快的速度，比平时训练时快好几倍的速度（从一年前开始，陈大海在网上找来拳击教程，跟着在家里练习，这一年来，他几乎没有中断过），击打对方的肉脸。

这时候，紫头发以及她的同伴终于反应了过来，两个人来抓陈大海的手，另外一个人对着陈大海的脸挠过来。

刚才拥挤的电梯，现在竟然给他们腾出了一个足够活动的空间。

陈大海用右手一扒拉，把她们的攻击拨到了一边，继续对着刚才的脸击打，他都不记得自己对着她打了多少拳了。

有那么一会儿，陈大海想到了后果，但马上，他就把这个念头抛开了。他的脑子变得一片空白。

突然，陈大海觉得衣角被拽动，接着他听见女儿的叫声，爸爸，我的水杯忘带了，落教室了。

他回过神来，发现电梯停在了四楼。刚才只是他的想象而已。

胖圆脸和紫头发还维持着刚才的姿势，不过可以看得出来，紫头发现在身体倾斜着，几乎把所有的重量都放在了胖圆脸的胳膊上。胖圆脸一副用尽全力的表情。

电梯到了一层，陈大海和女儿让到一边，让别人出去，他们还得返回去取杯子。

紫头发出去后，对自己的同伴说，碰上这种嘴贱的……

那个阔腿裤女的对同伴说，真的，我没见过工资这么高的……

没有其他人搭乘电梯，陈大海和女儿回到十八楼。你去拿杯子吧，他对女儿说，女儿向教室跑去。

陈大海走到电梯对面的窗户边，他用胳膊肘支着窗台，他用尽全力地克制着，他觉得喉咙发紧，马上就要哭出声来。

一只苍蝇在空中盘旋了一下，向着窗户玻璃飞去，接着它一次又一次在玻璃上撞了起来。

第二天早上，陈大海坐在车里，等着女儿跳舞比赛结束。因为附近没有停车场，他只能停在路边，自己待在车上。不一会儿，老婆就给他发了好几条微信，他打开一看，全是女儿比赛的视频，他打开看了起来。在这个过程中，手机震动个不停，这又是业主群里的人们在说话了。

女儿跳得很好，动作舒展并且完全跟音乐合拍，可以说是这些人中间跳得最好的一个。陈大海想太奇怪了，我从哪儿来的女儿跳舞很差的印象呢？

爸爸带回了医生

　　只有他和妈妈在家，妈妈躺在床上。妈妈病了。爸爸已经离开好久了，说是找医生去，但是现在还没有回来。

　　他躺在里屋的床上，看着房顶，房顶上有许多裂缝。第一次看见裂缝的时候，他吓坏了，觉得房子会塌掉。他告诉了爸爸。他进来看了看，便用石灰和水泥和起来，把裂缝补上了。爸爸说，是因为雨水太多的缘故，地基下沉了。爸爸还说，没事，塌不了。第二条裂缝很快也出现了，接着出现了第三条。爸爸没有再来补它们。房子并没有塌掉，已经过去有一年多了，房子还好好的。他发现地面变得斜了，灰色的地面。爸爸说过，等到他结婚的时候，会在地面上铺上地板砖。

外边的屋子里传来妈妈的呻吟声。我得进去看看，他想。他出去了。妈妈醒了过来，她的头发全湿了，屋子里有一股汗臭味。她缓慢地把自己的脑袋扭了过来，紧紧地抓着被子。他想得见那种感觉。他病了的时候，他们用被子把他蒙起来，他浑身都出了汗。但是他不能把被子漏进去一丁点儿风，不然病情就会加重。出汗然后就会好，他们就是这么跟他说的。妈妈现在也是这么干的。吃过饭了吗，你？妈妈问。我已经吃过了，他说。他把面和水和在一起，他用手揉它们，他站在小凳子上。他把黏糊糊的面放在案板上，用擀面杖把它擀薄，在上面涂上油，撒上盐。他回忆妈妈的动作，把面卷了起来。然后用刀切成一个一个的面团。他用手再揉面团，用擀面杖把它擀成饼子，放在锅里油煎。有点硬，但是味道还不错。他给自己做了午饭。他第一次做午饭。你吃吗？刚才他进来看了好几次，妈妈都睡着。她摇了摇头说，不吃。

他走出屋子站在屋檐下，雨还在下，对面是院墙，院墙上面露出高高的山尖，下方是裸露的白色的岩石，上面是密密麻麻的绿色的松树。它们全变成了灰色的。他能听见雨落在地上的声音，落在杨树上的声音，落在公路上的声音，雨落在河水上的声音，河水的声音比平时要大得多，河水已经漫过了河滩上的水泥路。

　　一共有两个医生，他设想，爸爸去了其中一个，没有找到人。他就得走更远的路，去找另外一个。另外一个也不在家。他得找人打听。他得在那个村子里找到他。这得花费很长时间。如果医生去了别的村子看病。爸爸要么等着，要么也去别的村子。这也得花费很长时间。他想象，爸爸正在掀开一个门帘，就是那种四合院的门帘，黑漆漆的屋子里，医生正坐在桌子前打麻将。爸爸找到了医生。他还想象，那个门帘后面是有人在打麻将，但是医生不在。爸爸不得不出来，询问别人，医生去哪儿了。有人告诉爸爸，医生去了另外一个村子。爸爸站在一家人的屋檐下，一边抽烟一边犹豫，到底是等着，还是去另外一个村子。他正在做决定。他还想象，爸爸正在去另外一个村子的路上。爸爸正和医生一起走在路上。医生背着他的包，他的包是黑色的。除了他，没有其他人背包了。他是唯一一个。这就是他所想的。

　　他站了一会儿，回到了屋子里。妈妈问他，雨还下吗？他说，还在下。下得大还是小？妈妈问。他想了一下该怎么说。妈妈突然说，谁在外面？是不是你爸爸回来了？他竖起耳朵听了一下，他听不见声音。你出去看看，妈妈说。他出来了。他走到院门口，把院门打开。雨被风吹着，斜进了门洞。他抱着肩膀，快速地跳到院门外的围墙上。没有爸爸。他回去，告诉妈妈，爸爸还没有回来。肯定又打麻将了，妈妈说，我都要死了，麻将是你亲妈啊。他害怕爸爸打麻将。每次他打完麻将回来，妈妈都要跟他吵架。他觉得，爸爸不可能去打麻将了，他去给妈妈找医生去了。你再去试试电话，妈妈说，能打通的话，让人告诉你爸爸赶紧回来。

电话放在隔壁的房子里，在正中央的桌子上。暗红色的桌子，黑色的电话。在下雨之前，电话就坏了。拿起它，里面没有任何声音。妈妈不让他进这个屋子。这个屋子比他睡觉的屋子新得多，墙壁很白。屋子靠墙的地方，放着一张床，床上放着一摞崭新的被子，床单上还铺着白色的很薄的布子，布子上有两只鸟在水里。他不知道那是什么鸟。这个布子永远都是那么白。所有人都不能进这个屋子。没有人在这个屋子里睡觉。妈妈用锁把门锁着。妈妈经常打扫这个屋子，她用墩布拖地。他得去河里涮墩布。他很讨厌做这件事。他讨厌这间屋子。来打电话的人很少。电话是村子里的。这个屋子比别的屋子都冷。桌子上都能照出他的影子。他爬上椅子时，觉得椅子很滑。他拿起电话，放在耳朵上。他听了一会儿，没有声音。他放下电话，出来，锁上门。

指望不上。妈妈说。指望不上你爸爸。她又说了一次。她把手举起来，放在自己额头上。你过来摸摸，她说，看我是不是发烧了。他走过去，把手放上去。没有烧，他说。妈妈的目光看着房顶。他把手拿了回来。他又换另外一只手去摸，没有烧。他说。告诉你，妈妈说，你爸爸巴不得我死。我死了他就高兴了。我死了他就能在外面晃荡了。他把手都收回来，往后退，坐在了红色的凳子上。凳子很高，他坐上去的时候，两只脚都够不着地了。凳子放在缝纫机旁边。缝纫机用淡绿色的布子盖着。他爬下去，把脑袋放在了缝纫机上。红色的窗帘拉着，房子里很暗。

我死了他就高兴了，妈妈又说了一次。她常常这么说。她跟他说，也跟爸爸说，她是这么说的，是不是我死了你就高兴了？

他坐了一会儿，妈妈没有再说话。他从凳子上溜下来。又出去了。他去了门口。他把挂在门洞墙壁上的草帽摘下来，戴在脑袋上。他尽量把自己缩小，出了院门，往左移动，小心翼翼地蹲在了围墙上。他尽量不让雨淋到自己。

他看着公路。公路上有许多积水的地方。越往远看，越是白茫茫的。他把目光盯着最远的地方，透过路边的杨树，如果爸爸和医生经过的话，他就能看见人影。他一直盯着看了好一会儿。公路的左侧，是河滩。河水变成了灰白色。河滩有的地方绿，有的地方黑，大部分地方都是白色的石头。那些石头圆滚滚的。绿色的植物一团一团的。他又把目光再往左移，看向对面的山。有好几个亲戚，都住在对面山上的村子里。如果他们从山上下来的话，就能让他们去找爸爸了。如果三叔下来是最好的了。上山的路是小路，很窄。有的地方是土路，有的地方是石头路。他得仔细盯着，才能看见路。路上也没有人。所有的路上都没有人。

当他再次把目光盯回远处的公路时，他看见一个蓝色的人影。爸爸穿着蓝色的中山装。是爸爸吗？他想。怎么没有医生？他盯着那个人影。他一会儿被杨树挡住了，一会儿又走了出来。他走得很慢。公路上到处都是泥泞，他得小心避开那些黏土，找不粘的地方走。他忍不住了，从围墙上跳了下来。围墙是砖垒成的，妈妈总是担心他从围墙上掉下去。其实一点也不滑，即使下雨也不滑。他跑着回去，他进了屋子。对妈妈说，我看见一个人。妈妈把头转过来，一个人？他说，是的。妈妈说，难道医生不在？

我忘了告你爸了，如果医生不在，他也要买点药。我不吩咐他，他就不知道的。他肯定不知道的。回来还得去买药去，一点都指望不上。

也许是自己看错了，应该还有另外一个人的。一定是爸爸找到了医生。医生马上就要来了，就要站在他家的屋檐底下了。他能想到那副医生来了的情景。医生站在床前。他拿着玻璃瓶子，瓶子里全是液体。他拿出针筒。他先是拿出装着药水的小瓶子。他用镊子把小瓶子上面细小的部分夹掉，扔在火炉里。他把针筒推倒底，把针头放进小瓶子。他把小瓶子里的药水抽进了针筒。他把针头扎进玻璃瓶。玻璃瓶的盖子是塑料的，软软的，淡黄色，能插进去。他把针筒里的药水注射进了玻璃瓶子。他把玻璃瓶子挂在扁担上。扁担的一端插在墙上的通风口里。他把输液管插在玻璃瓶里，另外一端是很细很长的针。他把针扎进妈妈的手臂。他拿出白色的胶布，把针头固定起来。妈妈躺在床上。她就那么躺着。

他又蹲回了围墙上。那个人走到了右边的山洼里。他看不见他了。他等着。他发现雨淋在了他的膝盖上。他又把自己抱紧了一点。那个人走出来了。不是爸爸。他看不清他的脸。但他看出来了，不是爸爸。他告诉妈妈，不是爸爸。死哪儿去了，妈妈骂道。去问问那个人，碰见你爸爸了吗。他出来，等着那个人走近。他打了个哆嗦，看见了他。他的鞋子沾了很多的泥。他把脚抬起来，在路边的石头上，一下一下地蹭掉鞋底的泥。他觉得应该问了。他问，你见我爸爸了吗？那个人开始蹭另外一只鞋底的泥。你们家有雨伞吗？他抬头问。没有，他说，我爸爸把雨伞打走了，你见我爸爸了吗？

那个人把泥刮完了，他跺了跺脚。你爸爸是谁？他问。他脸上带着笑。他知道这种笑容。他们老是要用这样的笑容跟他说话。他不喜欢这种笑容。他不吭气。那个人说，你不知道你爸爸是谁吗？我知道，他说。那你爸爸是谁？那个人问。我爸爸是胡胜利！他提高音量说。谁？那个人说，我没听清楚。胡胜利！他几乎是喊了起来。那个人大笑了起来。他为什么那么高兴？你见我爸爸了吗？他再次问。他脑子里出现了一个画面，爸爸一拳把这个人打得摔倒在了地上。爸爸能干到这个。不对吧，那个人说，你爸爸不叫这个名字，你肯定弄错了，小崽子，你是不是记错了？他不吭气。他不知道该怎么说。他想大骂出口，但是他害怕这个人冲上来。他妈妈病着，他打不过这个人的。妈妈也打不过。我说得对不对，你爸爸不叫胡胜利，你想想你爸爸叫什么。你爸爸是不是没有告诉过你他的名字？是不是？

他站了起来。他站在围墙上，雨落在了他的裤子上、衣角上。

你爸爸叫胡狗蛋。那个人说。他又跺了跺自己的脚。他脸上挂着笑。记住了小崽子，你爸爸叫胡狗蛋。那个人盯着他。他站着。我一定要记得他的脸。他想。那个人大笑了起来，他又跺了跺脚，往前走去。走了几步，他扭过头来，说，小崽子，胡狗蛋快连裤衩也输掉了。爸爸一拳打在了他的脸上，他倒在了地上。他想。一拳。那个人扭回头，往前走了。他双脚用力，一跳，跳到了那个人头上，他一脚踹在了他的头上。他想。他站在围墙上，那个人越走越远。

就知道他在赌，妈妈说，我死了他也不管，就知道他在赌。他回到自己睡觉的屋子，他站在地上，把上身趴在床上。他把被子捂在自己脑袋上。有那么一会儿，他想，我要去找爸爸。他站了起来，用被子擦了擦眼睛。他走出几步，又返回来，用被子擦了擦眼睛。妈妈不让他去。家里没有更多的雨伞了。草帽在这样的雨里一点用也没有。他去楼上找旧雨伞。他还小，那个雨伞就够用了。他找不到。他没有独自走过那么远的公路。他说他不怕。他跑着去，我跑得很快的。他跟妈妈说。他站在院子里，妈妈一会儿就叫一次他的名字。你不准去，妈妈说。

妈妈说，该到了吃饭的时间了。他感觉不到饿。他坐在凳子上，他已经坐了好久了。他打算一直坐下去。妈妈说，有昨天剩的大米，你自己炒个鸡蛋去。他说，我不饿。那你去煮个方便面。他说，我还不想吃。那你给我烧点水，妈妈说。他从水缸里把水舀出来，倒进炉边的茶壶里。他舀了一次。妈妈就说，行了，够了。没有把水滴到地上吧？他说，没有。他把水壶放到了火炉上。他站在地上，听见水壶里的水发出了"噗噗噗"的声响。他等着热气从水壶盖上的小孔里喷出来。热气喷出来了，他从橱柜里拿出碗。他把水壶提起来，看着热水从壶嘴里流了出来。他倒了多半碗的热水，给妈妈端了过去。

他问妈妈，那个人是谁？

妈妈说，那是个二杆子。

二杆子是什么意思？

妈妈说，就是小混混的意思。

没有人搭理那些二杆子，妈妈说，不好好学，就变成二杆子了。你可千万不要跟他们学。

都三十多了，妈妈说，都讨不到媳妇。那就是二杆子。

妈妈又说了一遍，跟二杆子不能一般见识，你不要招惹他们。他们都没什么本事的。

他站在屋檐下，门帘在身后被吹得咣当咣当响。他从围墙顶上看出去。他又看见对面的山尖，灰色的山尖。岩石和绿色的树木都变成了灰色的。细密的雨线在空中连成一片。他一直盯着那山尖。他去过那个山尖。那个山尖上有他们家的地，种豆子的地。豆子崩开，发出噼啪噼啪的声音。噼啪噼啪，豆子掉在了地里。白色的土地，把白色的干土块用棍子扒开，下面的土就变成了黄色的。用手可以捏起来，捏成团。

他盯着围墙，围墙摇晃了一下。他以为是错觉。他再盯着围墙。

他看见围墙慢慢向下。他不相信自己的眼睛。时间很短，他还没有反应过来。院墙轰地向外倒了下去，一个大大的豁口出现了。院墙变成了一堆乱七八糟的砖头。雨落在砖头上。他能看见院墙下面的公路，还有公路旁的田地。他能看见田地再过去的河滩、河水。他能看见河滩上的植物。他能看见山脚，山脚黑色的岩石。他能看见山上的梯田，他从课本里看到的，那种田地叫作梯田。风变得很大，他站在那里，看着一堆砖头。雨下得太久了。

怎么了？妈妈的喊声。他跑了进去。他对妈妈说，院墙塌了。妈妈看着他，不说话。她看了看他，把目光收了回去。妈妈，院墙塌了，他又说。妈妈还是没有说话。他不知道该怎么办了。妈妈好像又睡过去了似的。他坐在红色的木凳上，那是家里最高的凳子。他坐在上面时，双脚就够不着地了。他把背靠在墙上，他觉得自己应该待在这儿。他能听出来，妈妈没有睡过去。她睡过去后，呼吸声不是现在这样。他坐在那里，他对自己说，要一直坐在这里，一动也不动。他就是这么干的。

每个人都小了一些

他一直期盼，放学的时候，有爸爸妈妈来接自己。

早上天就阴上了，树枝直愣愣地伸向天空，教室里很冷，刚开始，他还试图用跺脚来取暖，这个方法是他在书上看来的，但是怎么跺，也起不到多大的作用。本来下课的时候，他们可以去火炉上烤火，但是老师一直坐在灶台上。刚开始，他能感觉到冷，后来他的脚感觉不到冷了。这个过程每个冬天他都要体会许多次。快点冷过去吧，他常常这么想。教室里很暗，但是还看得清书上的字。天空是铅灰色的。每个人都好像小了一些，世界好像变大了。大概第二节课的时候，雪开始下了起来，他看着窗户外，想，课本上说的"鹅毛般"的大雪，真是准确啊，除了这个词，他想不出更能形容这些大片大片雪花的词语了。但是，他还没见过鹅，他们这里没有鹅，只有鸡，和一些鸟，有一种捉鱼的鸟，他在课本上看到渔夫用一种鸟捉鱼，一捏它的脖子，鱼就都被吐了出来。他想，应该就是捉鱼鸟。他想，为什么我们这里没有人用这种鸟来捉鱼呢？奇怪的是，他们这里没有人吃鱼。他们捉了鱼来，给鸡吃，给猫吃。但自己不吃。他夏天游泳的时候，闻见过鱼的气味，他想，它一定难吃得很。他们这里也有水，为什么就没人养鹅呢？

雪越下越大，每当课间，别人都跑出去了。他们又喊又叫。他也喜欢在雪上跑，但是他不喜欢打雪仗，不喜欢被人偷偷地把雪从脖子后面塞进去。他体会不到那种乐趣。冰凉的湿漉漉的感觉，他们为什么会笑得那么开心。老师坐在灶台上，他正在打瞌睡，头一点一点的。他真担心，他会一头栽到火炉上去。但是从来没发生过这样的事。对老师，他的感觉只有一个，就是害怕。他害怕他们。他害怕他们提问。奇怪的是，他的学习成绩很好。他并不比别人用更多的功。他常常不想做作业，常常撒谎。老师检查作业时，他说作业本落家里了。有一次他甚至说，晚上的时候，作业本被老鼠给吃了。

雪下得太大了。看上去什么都是灰蒙蒙的，他想到回家要路过的坟地，就感到害怕。他还想到，回家路上会不会碰到狼。他听到过无数个关于狼的故事。比如胖奶奶的嘴唇上之所以有豁嘴，是因为狼咬的。他们讲得很详细，胖奶奶一个人在地里割麦子，大中午的，突然感觉有人拍自己的肩膀，回头一看，是头狼。狼就咬到了她的嘴唇。这幅情景深深地印在他的脑海里。还有另外一个故事，他们都认识的一个小孩，赶着牛上山，回来的路上被狼跟上了。他故作镇静，头皮发麻地回到了村里。村子里的人把狼给赶走了。这是一个成功的例子，人们跟他谈论过无数次，碰到狼时，应该怎么办。千万不要跑，你跑，狼就会追你。你要装作不害怕它的样子。还有你要弯腰，你弯腰捡石头，狼也会害怕。人们告诉过他这个。但是他还是害怕。千万不要跑，他无数次提醒自己这个。

他想象，灰蒙蒙的路上，他踩着雪，狼突然从一边蹿了出来。

即使是不下雪的时候，每次经过坟地，他都跑得很快。那些土包，一个个并不大。每个土包前面，都有几块平整的石头垒成的小方块，方块里通常有一个碗什么的。那个地方常常让他觉得害怕。他尽量不去看那些坟包，但脑子里出现的景象却清晰无比。他飞快地往前跑，后背好像有什么东西追着他似的。

放学了，出了教室门，并没有父母来接他。老师问他，你妈没来接你？他说，没有。要不我去送你吧？老师说。他说，不用了。等等，老师说，看有顺路的人不，把你带回去。他说，不用了。妈妈上午已经跟他说过，今天不会来接他了，但是没想到会下雪。他还没有一个人回过家，每次都是妈妈接。他对妈妈说，没有问题。但是下雪了，妈妈也没来接他。回家的路有两条，一条是宽宽的公路，一条是小路。公路要比小路远一些。平时妈妈接他时，总是走小路。但今天他做出决定，要走大路。小路要穿过一片坟地，小路的一边是长着茂密的森林的，那些树枝啊到了冬天就变得黑乎乎的，就好像里面藏着什么东西似的。还有一处是平地，那里什么也没有种植，布满荒草，被一些杨树给挡着。他总觉得那个地方很神秘可怕。有一半的路，是左边挨着山，然后下到河滩上，接下来的路，就是右边挨着山了。前半段路很短，他觉得自己可以很快地经过。而后半段路，他还没有做好选择。

回家的路是这样的，出了校门，有一小段在村子里，他会经过好多个别人家的房门，也许能看到那只猫和那条狗。牛们应该不在外面，他总是担心哪只牛突然发狂。他见过发狂的牛，多高的地岩安都敢往下跳。他还能看见别人家的院子里，那些院子里的树和鸡窝。鸡窝里有时候会爬进蛇去，他不敢去鸡窝里取鸡蛋。他也害怕狗，尽管它从没对他发狂过。出了村子，会有一段左侧挨着山，右侧挨着田地的路，田地里立着一些破破烂烂的稻草人。他用书上的说法，把他们叫成稻草人，其实他们是带着破烂的草帽，身上有一件废旧的衬衣的人。这一段路他并不害怕，因为大部分时候，挨着的山都是陡峭的岩壁，岩壁上寸草不生，这是修路的时候挖掉的山。用炸药炸开的，他家里有雷管，爸爸原来去修路的时候，带回来的。雷管很危险，他总是担心它突然间爆炸。他听说过雷管把人炸死。他听爸爸讲过，修路的时候，人们就那么被炸死了。这样的路，即使有狼，它也不能从那么高的岩壁上跳下来。这一段路走完，就会到河那里，他得穿过河水。河水的中央有一块一块的大石头，他踩着那些大石头走过河水。河面应该已经完全结冰了。如果没有人走，那么那些大石头上应该也落满了雪，他得找一根树枝什么的，先把那些雪扫掉，不然会滑到河里去的。过了河，路分为两条，一条是小路，另外一条是供车走的大路。小路右侧挨着山，路和山坡连成一片，如果有狼的话，他们能直接从山坡上跑下来。更重要的是，小路另外一边的田地里，有许多坟包。他决定走大路。大路虽然远一点，但离坟包要远，也离山远一些。除非有狼在田地里晃悠。这样的机会也有，但是不多。人们碰见狼的机会并没有那么多的，他想。最起码到现在为止，他还没有碰到过，只是听别人讲过。

他出了校门，往家的方向走去。现在还是在村里的路上，他走得很慢，他已经做好准备，一出了村子，就用最快的速度往前跑。但是他又想到了狼，如果因为他跑，狼要追着吃他怎么办？他低着头向前走着。也许我只能这样像往常一样的速度走。村子的路上，一个人也没有。大家都待在房子里，都坐在炉灶上。连麻雀什么的都看不见了。路上的雪厚厚的一层，一脚踩下去，雪就会把鞋子埋住。他每迈出一步，都把脚给甩一下，希望能把雪给甩掉，不要化成水进到他的鞋子里。他穿着里面有毛的牛皮靴子，但是一点也不觉得暖和。雪地上有别的人的脚印，但已经变成了一个个的浅坑。

一个灰色的人走来，他低下了头。是一个老头，这个老头他没有跟他说过话，但是他听别人说过他。他老婆是春天的时候去世的，有一次，他在河边，看见他一个人坐在那里，背朝着公路。那时候还是夏天，老头穿着一件淡蓝色的衬衣，戴着一顶草帽。他的嘴巴里一颗牙齿也没有了，说话的时候舌头一下一下地舔着嘴唇。他很瘦，走路的时候老弯着腰。他坐在河边的阴凉里。他看见他的两条光腿，他的手在自己的裆部那里。他觉得怪异极了。后来才意识到，他在洗自己的××。这里并不是偏僻的地方，还有人会经过。他搞不清这个老头是怎么想的。他觉得他跟流氓一样。他用手一下一下地往自己的裆部泼水。他极力把自己的目光移到别处，不去看他那里。他不想看到别人的××。他还没有看到过人的××。有时候游泳，会有大人来，他们也像他一样脱得光光的。他从来都不看他们的裆部。他觉得害臊。

看见一个人，让他觉得心里的害怕少了一些。看这个老头走来的方向，恰好是他回家的路。既然老头能安全回来，那么这一路上应该没有什么危险。也许我应该快一点，他这么想。他打算跑起来。

老头以前从来没跟他说过话。在路上碰见他时，他不会把目光落到老头身上，他避免跟他们对视。这一次，他也是这么干的。低着头，把自己的方向往路沿边变了变，继续往前走去。放学了？老头突然说话了。他抬起头，看了一眼老头，发现他站在了原地，正看着自己。他有点慌乱，说，嗯。他的脚步并没有停下。老头说，你妈没有来接你吗？他说，没有。老头说，我送你回去吧。

他想拒绝他。但又觉得如果他真的送自己，那自己就不用担心狼了。老头没有等他回答，就调转了方向，跟在他身后跟他一起往前走。他为什么要送自己？他想。他的脑子里突然出现了另外一件让人恐惧的事情。他听说过那些拐卖孩子的传闻。他听到过，一个小孩在自己家的床上睡觉，父母去了趟厕所，回来孩子就不见了。他还听到过，一个比他大得要多的人，被人拐卖到了河南，结果自己一个人走了回来，半路上到处要饭。这个老头会不会要拐卖自己。他一下慌了。

老头一句话也不说。他也不敢回头。他能听见他踩在雪地上的脚步声，还有他的拐杖声。但是他就是不说话。他紧张，完全忘了狼和其他恐怖的东西。他只害怕身后的老头。这一路太漫长了，他本来想加快速度。但害怕老头看出异样，提前对他下手。如果真的有拐卖的话，他想，那么还是让他迟一些来临吧。

喜欢上学吗？老头问。

他说，喜欢。他真的喜欢吗？他一点也不喜欢。但是他就这么说了。他从来没有跟人说过，自己不喜欢上学。

你爸爸在家吗？老头问。

他突然又担心了起来，他这么问是什么意思。爸爸不在家，爸爸在镇里上班，一个星期才回来一次。他对他说，在家。

爸爸在家，也许他就不敢干什么坏事了，他想。

小邢教得好吗？

小邢是他的老师。他说，教得好。大家都这么说，他也这么说。他不知道怎么分辨教得好还是不好。

问完三个问题之后，老头不说话了。

村子已经被抛在了身后，如果老头要下手的话，现在是最好的时机。他多希望看到另外一个人，但是路上空荡荡的。现在这个位置，他能看见自己家的房子。等过会儿，下到河滩上，他就看不见了。

他们下到了河滩上。河滩上的路全是石头，踩下去很滑。老头比刚才走得慢了一些。他觉得，如果现在老头回去，他也不再害怕了。但是他不能说。他只能让老头继续跟着自己。

他不明白的是，这个老头为什么要送自己呢？

下这么大的雪，老头是去哪里了呢？

直到过了弯，看见了自己家，他的心里才放松了下来。现在他一点也不害怕了，他想对老头说，好了，我到家了，你可以回去了。看来老头并不是拐卖孩子的人。他觉得应该跟他说点什么，但说不出来。他想自己刚才给他的回答实在太敷衍了。他几乎一句真话也没跟他讲。他连他不喜欢上学都没告诉他。老头不出声了。他没有问题问了。他好像没有注意到快到他家了似的。一直走到他家下面的公路上，老头才停住了脚步，对他说，你回吧，以后还是让你妈接你的好，这么大的雪。他点了点头，然后背着书包上坡向家跑去。

他跑进房门，对妈妈说，有一个老头送我回来的。妈妈正坐在灶台上，她说，哪个老头？他说，就是那个。妈妈说，你没有叫人家进来坐坐吗？他说，没有。他突然感到有些后悔，他应该叫老头来家里坐坐的。大人们常常这么说话，来家里坐坐。但是他当时念头冒出来，却觉得自己说出来很不像样。他犹豫了一下，但是没说出来。现在他感到后悔。

妈妈从炉边下来，穿上了自己的鞋子。我去叫人家，她说。

她走了出去，他犹豫了一下，脱了鞋子，爬上了炉边，他把自己冰凉的双脚尽量近地往火焰旁边靠，恨不得直接放到火焰正上方。即使靠到了最近的地方，也仍然只能感觉到一丁点的热。那点热没有丝毫缓解了他的冷。他发现自己的双手上裂开了一小条一小条的口子，口子的边上是黑乎乎的污垢。如果妈妈看见了，肯定要他洗手。但是每一次洗手，他都会觉得疼。妈妈非要把所有的黑色污垢都搓下来。每次洗完，他的手都会一块一块地红，有些地方还会流血。到第二天，被冻后，会疼得要命。所以，一听到妈妈的脚步声，他就把双手往后缩了缩。

妈妈回来了，并没有老头的身影。

妈妈说，他已经走了，我喊他也听不见。

把你的脚往后，妈妈说。他连忙把脚往后缩了缩。

以后，要让人家上来坐坐，知道吗？妈妈说。

知道了，他说。他想象自己对别人说这句话的情景，还是觉得不像那么回事。他觉得自己肯定说不出来的。

第二天是妈妈送他去学校的，到了学校，很快就有同学告诉他，昨天晚上，村子里有人自杀了。他的第一个念头，首先是那个老头。他也不知道自己为什么这么想。也许是因为老头是这个村子里唯一跟他有关系的人。就是那个洗××的老头，人们说。他们说，老头喝了敌敌畏。他马上想起老头身上的怪味道。他们说他走了好远的路，去没有人认识自己的村子，买了敌敌畏。然后晚上把敌敌畏喝了下去。上课时间到了，老师还没有回来。他也去看热闹了。有人提议说，咱们一起去看看吧。他说，不，不要去。他是班长，他阻止他们去看老头。他的鼻子好像能闻到敌敌畏的气味似的。

老师回来了！有人喊。从窗户玻璃能看见，老师正在迈进学校的大门。一瞬间，教室里静了下来。他坐得直直的，等着老师走进来。

问李军亮好

在我们楼对面，有一排平房，是各家的杂物间。正对我们单元门的平房顶上，竖着一盏路灯。因为用的时间太久，铁质的灯罩锈成了红色。每当刮风的时候，灯罩就会发出咯吱咯吱的声音，带着地上的影子抖个不停。

那天晚上，我手里拿着钥匙站在绿色的单元门口，正准备往门锁里插的时候，手机响了。一串陌生的数字闪烁着好像要突出屏幕似的。我摁住绿色的电话听筒图像，往右边滑动。接下来手机里传来了李军亮的声音：小梁你好呀，小梁你能听出来我是谁吗？说也奇怪，有十多年没见了，我还是一下子就听出了他的声音。行了吗你，小梁，还记得我。李军亮笑了起来。

小梁你现在怎么样？李军亮问我，你是不是又买房子了？你是不是买了车子了？你买的房子在什么位置？停顿了一会儿。李军亮又说，我跟你说小梁，我也买房子了，就在南内环东口这里，南十方你听过吗？就在这儿。再次停顿了一会儿。李军亮说，小梁你买的房子多大？我买的九十八平方米。再再再次停顿了一会儿。就是笑就是笑，小梁你还是这样，也不说话，你说说你笑什么呢？

小梁，李军亮说，我要结婚了，你一定要来参加啊。我说，一定去一定去，什么时候？这个月三十一号，李军亮说，在芙蓉酒店，也就是下星期四。我对他说，你待会儿再把地址给我发过来。

李军亮的模样越来越清晰：总是微微张开着的厚嘴唇，浓密得好像马上就能冒出热气似的头发，土黄色的弯着腰锁自行车的背影（自行车锁出了毛病，有时候他得在那儿弯上好半天），后面布满粉红色青春痘的脖子，被踩出了毛边的砖青色牛仔裤……

小梁我跟你打听个事，李军亮说，我记得你认识交通厅的人对不对？

我说……

那是我记错了，我还记得你在那儿有熟人呢，那你知道张社会吗？我说我不认识。手机里的声音说，你竟然不知道张社会？他是咱们交通厅的副厅长啊。我说我不知道。他是我老婆的舅舅，手机里的声音说。

　　十四年前的冬天，天气很冷，风从窗户外边呼呼呼地吹过。两棵胳膊那么粗的杨树，不停地抖动着，发出嚓嚓嚓的声音。每个来上班的人，都鼓鼓囊囊的，得用好一会儿，才能把自己从衣服里脱出来。只有李军亮例外。他穿着一件灰色的西服。那件西服看上去很僵硬，无论你做什么动作，它都会竭力保持自己的形状。西服里面是一件砖红色的毛衣。那毛衣跟我上大学时候我妈给我织的一样，你把它拿在手里的时候，会感觉自己提着一件重物。

　　小梁你听说过王城吧！我当然听说过，全中国的人肯定都会听说过。是吗，李军亮对我说。是真的啊，我就是王城的人啊。李军亮笑嘻嘻的。那你听说过《王城日报》吧？你听说过某某某吗？他提到了一个名字。我说我没听过。他说，某某某是《王城日报》的总编。跟我关系特别好，李军亮说，以前我在《王城日报》上班，几乎所有的版，总编都交给我做的，其他人都做不了。他现在还会给我打电话呢。为了证明自己没有说谎，他拿出小灵通，给我看上面的号码，这就是那个总编，他说。人家那总编可和咱们社长不一样，咱们社长是企业编制，人家是公务员呢，有行政级别的。

那是我在《树间》杂志社上班的第一天，李军亮带我在院子里的食堂吃午饭。我们坐在有三块黑色污斑的圆桌前（污斑凸了起来），我们屁股底下的圆凳凳面和腿分离开了，我们坐着的姿势都小心翼翼的。门口的水泥地板上，落了一小块方形的阳光。尽管只有我们两个顾客，饭也老半天没有上来。

李军亮拿出一个棕色的钱包。钱包鼓鼓的，当他把钱包塞回裤子口袋时，裤子就鼓起高高的一块来。他打开钱包，从夹层里抽出了一张照片，照片上是一个女人。小梁，你觉得这个女的怎么样？那是一张艺术照，那个女的脸白白的，嘴唇红红的，穿着一件牛仔夹克，敞着怀。因为化妆太浓的缘故，很难确定她的长相。小梁，你有女朋友吗？我说没有。那你觉得这个女的怎么样？我说我觉得挺好的。这是我女朋友，李军亮说，我们已经订婚了，她是我们老家的，别人给我介绍的。小梁，你觉得找一个老家女朋友好吗？

126

在李军亮跟我说话的过程中，我盯着桌子下面看了一会儿。他的皮鞋擦得很亮，我的呢，上面积了一层灰尘。后来我又看见一个找猫的女人。她骑着自行车踩在食堂门外的水泥地上，盯着食堂的房顶，嘴里叫道：毛毛、毛毛。当她再次骑着往前的时候，自行车突然往旁边倒去，她连忙往下跳，自行车摔倒在地上。再后来，我发现李军亮的双手跟他身体的其他部分一样，看上去粗壮结实，就好像条状的灰色石头一般。

我们一人吃了一碗刀削面。李军亮大张着嘴巴，一筷子塞进嘴里一大坨面。他几乎没有停歇的时候，也不怎么咀嚼。他低着头对着自己的碗，不一会儿就吃完了。小梁你吃饭太慢了，跟个女的似的。他这么跟我说。

小梁我给你看个东西。回到办公室后，李军亮拿着一个信封走过来说。信封里放着一张漫画。怎么样小梁，李军亮对我说，画得像吧。可以看得出来，这张漫画画的正是李军亮本人。你看看后面的署名。李军亮提示我，这个人你没听说过吗？他特别出名呢。他平时画一幅漫画就一百块，给许多杂志都开着专栏。我跟他是好朋友，他看我的面子，跟咱们杂志只要三十块的稿费。但是社长还不愿意。社长就去找那些不出名的人的漫画。唉，社长真是一点远见也没有，你想想，如果咱们登一个这样的名家，能给咱们杂志带来好多读者呢。小梁，画得不错吧这副？小梁，你有没有自己的作者群？

小梁，你真的没去过王城吗？那你一定要去。你去的时候跟我说，我给你打招呼，不要票，我能找到关系的。你笑什么啊？你老是笑。我不骗你的。很简单的，那个总编一个电话就搞定了。

我是十一月到的杂志社，天气很冷，现在回想起来，我能记得每天晚上下班后，在公交车上有时候我的双脚都能被挤得离了地，车灯照在积雪上。我还能记得，有一天早上，我跑着去赶公交车，一只鞋从脚上飞了出去。那是我的第一份工作，我感觉时间过得特别快。

第二年春天的一天，我们杂志社租了一辆面包车，一起去了王城。

提前一天回去做准备的李军亮，在停车场接我们。他说，我已经跟人打好招呼了，你想进哪个收费景点，我给他打电话就行。他身边站着一个跟他个子差不多，长相也差不多的年轻人。脸颊红彤彤的，目光一直盯着别处。一有人把目光落到那个年轻人身上，他就会变得手忙脚乱起来。李军亮没有给我们介绍这个年轻人。他们两个在我们身边团团转。

每到一处收费景点，李军亮都会问，你们去过这儿吗？他手里拿着小灵通，一副准备拨号的模样。小梁，你进去吗？这里面挺有意思的，是老以前的银行，里面还有一个放黄金的地下金库呢，他就是这么介绍景点的。他身边的年轻人跟他一样看着大家。

社长，又到了一处收费景点时，李军亮说，这个你们一定得进去，这个是所有收费景点里最好的了，这是中国最早的票号，慈禧太后都来过这里的。社长犹豫地看了看我们，又看了看门里面收费的那个关卡。几个收费员站在里面聊天，细密的灰尘在光柱里浮动。她迟疑了那么一会儿。进去看吧。李军亮说，他拿着小灵通，拨出了号码，动作飞快地向着收费处走去。

他前脚迈过了门槛，后脚撞在黑色的门槛上，身体一歪，差点摔倒在地。他把小灵通直直地递给了收费员。收费员疑惑地看着李军亮。不过还是把小灵通接过去了。皱着眉头听了一会儿，又把小灵通还给了李军亮。你干什么啊？他问。李军亮说，你听电话啊，听电话里跟你说什么，这是你们领导。收费员说，你找的谁啊，这个人我不认识。

李军亮说，你们领导啊。他看了看小灵通，又拨出了号码。

我们一堆人已经移动到了正门口，有两男一女手里拿着票，等着我们向前。不远处又有两个戴眼镜的学生背着包走了过来。李军亮站在我们和收费员之间，他把小灵通贴在耳朵上。要不咱们先往前走吧？社长问我们。我们马上都同意了。

李军亮一会儿盯着看小灵通，一会儿举起来对着自己的耳朵听。他从台阶上下来说，社长你等一下，马上就安排好了。

社长说，我们先往前走着，进不去也无所谓，大家应该都来过了，也都看过了。

李军亮把小灵通从耳朵边拿了下来，摁掉拿在手里。社长你们等我一下，我找他去，看看是怎么回事。事先都安排好了的，肯定没有问题的。他说着，迈开腿从人群中挤过去，我们看见他土黄色的背影奔跑了起来。跟他一起来的年轻人，茫然地看着李军亮的动作，过了一会儿反应过来之后，也跟着跑开了。他的动作比李军亮的动作还要快。

我们顺着人流向前走去，阳光从狭长的街道上空落下来，不一会儿，我背上就微微出汗了。过了会儿，我发现自己走到了城门那里。同事们都不知道去哪儿了。我就在这里等他们吧，我想。

就在这时候，我看见了和李军亮一起的那个年轻人。他正四处张望，目光落到我的身上，他快速向我走来。他们都在前面呢，他说。接着他带着我往前走去。很快，我就看到了李军亮，也看到了社长和其他几个同事。

这是我们王城报社的李主任。李军亮给我们介绍和他一起的一个中年男人。

在中年男人的安排下，我们一起上了城墙。城墙是收费景点。上了城墙之后，可以看到整个王城的全貌，还可以沿着城墙绕王城走一圈。

怎么样小梁？李军亮走到我旁边问我。一块块青色房顶看上去闪闪发光，一只鸽子站在砖块上点了点头。我说挺好的。以前没有上来过吧？他问我。我说我以前就没来过王城。主要是得上城墙上走一圈，这是明代就建的古城墙呢，李军亮说，要不然你就跟白来了一样。一个人要票得八十块呢。

我们在古城墙上合了张影。说也奇怪，在这十多年里，我搬了好多次家，丢了许多东西。但是这张在王城的合影竟然还在。

我们杂志是旬刊。上旬刊刊登漫画和哲理散文，中旬刊外包给了书商，下旬刊是给中学生看的搞笑文章。李军亮和社长两人编上旬刊。我和张小敏编下旬刊。办公室还有另外两人：一个是办公室主任王云，负责和各地的经销渠道联系，她是社长的侄女；还有另外一个名字叫马艳，是美编。

我们的位置是这么排放的。靠窗户三张桌子，靠墙也是三张桌子。每张桌子上都放着一台电脑。一进门你首先看到正对着门的李军亮。李军亮的桌子上有一本《包法利夫人》，封面上方有一块橘色。我曾经数次拿起这本书。有一次拿起来时，封面上的尘土把我的手指头都给弄脏了。我很确定，李军亮没把这本书看完，因为第十二页上边折了一个角，自此整本书都没什么痕迹了。背对着李军亮坐的是张小敏，张小敏对面是王云。我们这边相对应的顺序是社长、我和马艳。

马艳说的话一整天加起来也不到五句，她也很少站起来。她每次一走进办公室的门，就急匆匆地赶到自己的位置。她的电脑屏幕很大，挡住了她。大家常常会忘记她的存在。在某个瞬间，当某个人说什么笑话时，她会突然发出半截笑声。她的鼻子塌在脸上，所以她老是捂着自己的鼻子。和马艳形成鲜明对比的是张小敏和王云，她们两个会经常站起来，走到办公室中间。在这里我给大家详细描述一下可能的情景：

前一秒，大家都坐在自己的位置上。突然传来一阵笑声，接着张小敏就从座位上站了起来，手里拿着手机，走到空地中间，她好不容易才止住了笑。我给你们讲个笑话，接下来她一字一句地把笑话念完。通常情况下笑话都不怎么好笑。她编有一个《笑话》栏目，专门刊登初中生们自己寄来的糗事，每次她都会被这些糗事给逗得站起来好多次。那是在 2004 年，手机还不算普及，在我们办公室，只有张小敏和王云有手机。李军亮和社长用的是小灵通。

除了张小敏，就数王云站起来的次数多了。王云个子要比张小敏高一些。她一天中有许多次整理自己的头发，一会儿散开，一会儿扎起来，你常常会看到她站在地上，双手伸在脑后，放在头发上摆弄着，她的头发又黑又滑，中间一道雪白的分界线，当她弄头发的时候，上衣下摆就会升高，露出白白的一截腰。

无论是张小敏还是王云，在地上这么一活动之后，我就能闻到一股香气。相比较而言，我更喜欢王云的穿着，她的下半身永远穿着紧身牛仔裤，夏天也是如此。我脑子中有时会出现这样的画面：为了把牛仔裤穿到身上，王云用尽全力地往上揪，累得满头大汗。

我们的出身也各不相同，有必要给大家介绍一下。先说李军亮，之前我们已经说过，他是王城人，准确点说王城某镇某村人，父母务农。我也是某县某镇某村人，后来上大学来的太原。张小敏来自某县，但是她是县城里的，父母已经给她花钱找了个老师的工作，只不过还得等一年才能去上班。马艳和王云是本市人。

就性格表现上来说，我、李军亮和马艳更接近一些。张小敏和王云相近。马艳为什么如此反常呢，原因也很明显，马艳长得丑，并且一直惦记着自己的丑。

还有一事需要补充说明一下，此事当时给我留下了深刻印象。有一天，王云和张小敏聊天，张小敏提到把自己的一双鞋送去保养了。王云问那双鞋多少钱。张小敏说八百多。这个数字让我极为震撼。我的第一反应是张小敏在说谎，她一个月工资才一千块，还要租房子，据我所知，她和人合租一楼房，每人每月需要四百块，还要吃饭，她哪儿来钱买那么贵的鞋子呢？第二反应呢，是觉得一双鞋子怎么可能那么贵呢？

每个月十号是我们发工资的日子，会来一个穿黑色大衣的高个子男的。他每次一进办公室，就把暖壶里的水倒进脸盆里，仔仔细细地洗半天的手。他是会计，也是社长的亲戚。他从来没有笑过，不耐烦地在隔壁房间里逐个接待我们，把数好的钱交给我们，然后让我们签字。但是领工资的只有我、李军亮、马艳和张小敏。社长和王云是不从会计这儿领工资的。我们自然也无法得知她们能拿多少钱。

　　有时候，我们杂志社还会有外人来访。比如王云的丈夫。他是一个报社的记者。一米八几高，块头很大。在办公室的地上走来走去，居高临下地从后面看着我。他突然问我，你们自己写稿子吗？我说不写。他说你们应该有一些自采稿件，一直坐在办公室里做杂志是不好的，你们应该走出去。

　　每天早上，李军亮都是最先到的。王云呢，通常得到九点半左右才能到。每次一进办公室，王云就会拿手在鼻子前扇好几下。一边扇一边抱怨，臭死了我们办公室。李军亮，你也不知道把窗户开开啊，接着王云会这么说。李军亮站起来，把窗户打开。把门也打开呀，王云说。李军亮去把门也打开。即使是天气最冷的那几天，一开窗户我就抖个不停，王云也坚持让李军亮开窗户。有时候李军亮把窗户开过，又关上了。王云来了，也仍然坚持要开。

你看看他那头发，王云说，都粘在一起了。有一次，我看见他在办公桌下面把自己的鞋子给脱了，王云说，真是恶心死我了。我当时就忍不了他了，我对他说，李军亮你给我注意点素质，把鞋子给我穿上。说老实话，我倒是没有闻到李军亮身上有臭味。也许是因为他衣服和皮肤的颜色的缘故，才让人觉得不干净吧。

张小敏对我说，不要搭理李军亮，你看他那说话的模样，就好像自己多了不起似的。还有，他凭什么每天叫你小梁小梁的。我看他竟然还要给你讲编稿子，他懂个什么啊。说到这里，张小敏压低了声调，我跟你说个事情，你可千万别跟别人说。她左右看了看，声音压得更低了，说，李军亮的工资比咱们的都低，他自己不知道，还一副得意扬扬的模样。

除了王云丈夫，以上提到的所有人，都在那张王城城墙上的合影里。和李军亮一起的那个年轻人也在，并且站在我们靠中间的位置。为什么会这样呢？我很快就想起来了。这是王云极力邀请的缘故。本来他站在远处看我们合影，突然王云非要让他站到我们中间来，她甚至过去拉着他的手把他带到了位置上。照片上看起来，这个年轻人的脸仍然泛红。你这么辛苦地陪着我们，王云说，我们一定要好好地谢谢你。照片上李军亮仍然穿着那西装，头抬得高高的，奇怪的是，上半张脸不知道被什么给挡住了阳光。

中午还待在办公室的，只有我和李军亮。张小敏每天都有约会。而马艳和王云以及社长都会回家吃饭。因为实在忍受不了食堂的饭，我一直鼓动李军亮和我一起到外面饭店吃饭去，但他一次都没跟我出去过。

当办公室只有我和李军亮的时候，李军亮的状态就会变得豁然不同，连动作都显得轻盈起来，就好像平时他的身上都背着重物，只有在中午这一刻才能扔开似的。他的活动范围不再局限于自己的桌子，而是往办公室深处前进，他端详着王云的桌子，伸出手来在上面翻来翻去。他每天能在这件事上花去很长时间，有时候他甚至坐下来，在那里写写画画。放松之后的李军亮，话也多得很。

因为我去外面吃饭，而他在食堂。所以他要比我先回到办公室。每次我一进去，就能看见他坐在王云的办公桌后。每次他都脸上一红，很不自然地对我笑笑，就好像刚才做了什么坏事似的。

小梁，我往你桌子上放了一本杂志，你看看。李军亮对我说。还有外面的信封，信封上写着李军亮的名字。我打开，这是一本和我们上旬刊定位差不多的刊物，也是刊发一些哲理故事和漫画。你看看，李军亮说，是不是比咱们杂志要好得多？你看看这些名字，他从王云座位上站起来，走到我身边，这些名字你都听我跟社长说过吧，这些都是我的朋友，我都跟他们约过稿，但是社长都觉得贵。你看看人家的杂志，全是名家。咱们怎么能竞争过人家。

小梁，过了一会儿，李军亮说，你没有发现什么吗？我说没有。你再看，他把杂志翻回目录页。我突然看到了李军亮的名字。看出来了吧，李军亮发出一串轻轻的笑声。然后帮我把页码翻到他作品那一页。你看看，李军亮说，跟我说句实话，我写得怎么样？

在我看的过程中，李军亮走到后面靠墙的地方站着。我觉得挺好的，我对李军亮说。

小梁，李军亮说，我请你吃个饭吧，今天晚上，回我住的地方，我给你做饭。

和我一样，他租的房子也在城中村。房间很小，放着一张床、一张桌子、一个椅子。在门外的楼道里，摆着煤气炉和煤气灶。家里的地上摆着一只电饭锅。

你女朋友来看你吗？我问李军亮。李军亮说，我早和她分手了，我不是跟你说过吗，她其实跟我也不适合，我得找一个太原的女的。我以后肯定不会回王城了。我出来了，就不会再回去了。

李军亮往电饭锅里添上米加上水，不一会儿，米饭的气味就充满了整个屋子。电饭锅上"噗噗噗"地往外喷气泡。李军亮在楼道里炒菜，一个豆腐，一个青椒肉片。我坐在屋子里唯一的一张绿色椅子上，李军亮坐在床沿。我们对着桌子吃起饭来。

突然间，李军亮说，忘了忘了，我得去给你买点啤酒。我能记得第一次我当着李军亮的面喝啤酒时，李军亮说，小梁你还喝酒啊。当我把一瓶啤酒喝完的时候，李军亮说，小梁你厉害了吗，能喝一瓶啤酒。我对李军亮说，不用了，反正你也不喝。李军亮说，我可以喝一点啊。

买回啤酒之后，李军亮拿出一个碗。我试试，他说，能喝我就喝，不能喝你喝。他往碗里倒出了一点啤酒，端起来尝了一口，脸上露出痛苦的表情，差点没有吐出来。他张开嘴，大口吸气。然后对我说，我还是不喝了，我喝不了酒的，我就沾不得酒。

小梁，李军亮说，你也应该写点东西，不只是为了赚稿费，主要是给自己找一条路。再说了，一个编辑不写东西，终归不会有大前途的。小梁，我跟你说，只要你写，我肯定会尽我所能帮你的。

李军亮说，没有谁写不了，用功就行。你肯定不知道，每天下班后，我都在单位用电脑写东西，要写到差不多十点。你看我，从来都不玩游戏的。

我喝完了一瓶啤酒，又开始喝李军亮那瓶。我们两个都已经把米饭吃完了。李军亮看着我，眼镜片上有几团黄色的污渍。他突然把身体往前倾，语气变得郑重其事起来，小梁，我给你提个建议好不好？我说，你说。

李军亮说，咱们出身都差不多，你家里也没有什么钱吧。你每天都在外面吃饭吧？我觉得你花钱太大手大脚了。你不想买房子吗？你得攒钱。你不攒钱以后可怎么办？小梁，我刚才说让你写东西，不是随便说的，真的是想给你一个建议的。

这是我第一次碰到一个人当面可怜我。

右手边窗台上放着的一条发黄的毛巾，白底黄花的床单一角压了床垫下，李军亮微微张开的嘴里一丝唾液在闪烁。

我发现自己咬了咬上嘴唇，唾液在嘴唇上蒸发带来的一丝凉，我的手肘支在桌子上，我用手重新拽了拽自己的嘴唇。

我也往前倾了倾上身，两条胳膊平放在桌面上，手指交叉了起来。我的下巴抬起来一些。李军亮，我说，你一个月在咱们杂志社拿多少钱？

李军亮脸上一停，还保持着原来的姿势，接着露出笑容反问我，小梁，你拿多少呢？

我说一千五百块。话说出口的瞬间，我就后悔了。李军亮的笑容瞬间消失了。马上他又意识到了这一点，试图恢复，但是怎么也做不出来。他把自己的碗摆在了已经吃光了的盘子上。我跟你也一样啊，李军亮把掉在桌上的筷子捡起来，摆在碗上。

我到单位的第一个十号，也就是发工资的那天。会计还没有来，他每次都是拖到下午快下班的时候才来。突然走进来一个大汉，对我们说，杂志给你们放楼下了啊。王云签了条子后说，李军亮，去把杂志搬上来。李军亮看着电脑说，马上。王云说，你没看天快下雪了吗，淋湿了你负责啊，丢了你负责啊。李军亮不说话了，站起来。不一会，就听见楼道里传来沉重的脚步声。他来回了三趟，把杂志搬到了隔壁社长的办公室里。

我忍不住，也站了起来。王云站在社长办公室门口，拿着钥匙对我说，让他搬就行了，他长那么壮。我在那儿站了会儿，听到李军亮的脚步声从楼梯上传来。想到马上要看到他出力的模样，我连忙返了回去。后来，再有杂志送来的时候，我就站也不往起站了。

眨眼间，已经进入夏天了。人们都换上了短袖。窗户外那两棵杨树，也长出了叶子。但是看上去没精打采的。

上次李军亮请我吃过饭后，我还担心过他会找社长什么的，还好的是，他看上去并没有多大的变化。每天拖着脚步从门外走进来，然后坐到自己的位置上。他很少发出声音。

那天下午，天气阴沉沉的。办公室里开着灯，我们坐在电脑前面。社长去开会了。我戴着耳机在看电影。突然间，我听见喊声，尽管隔着耳机，还是听得清清楚楚。是王云在喊李军亮。李军亮，你快点行不行？耳机里电影的声音瞬间自动消退了。接着我听见了王云开隔壁办公室门的声音。应该是杂志又送来了。李军亮坐在自己的位置上没有动。我没有回头去看他。他那一块空气就好像变成了固体一般。我的背变得僵硬起来。电影还在往前放，我却半天也看不明白情节是怎样的。

王云高跟鞋快速地从隔壁啪嗒进了办公室。没听见我叫你啊，李军亮！她几乎是喊着说。

没听见，李军亮说。

你说什么？你再说一遍？王云说。

我说待会儿，我有个稿子编一下。李军亮说。

王云转身出去了。她砰的一声关上了社长办公室的铁门，然后回到了自己座位上。

等我们下班回家的时候，那几袋杂志仍然放在院子里。我想去搬。结果王云说，谁都不许搬，我就看看他李军亮是搬不搬。她的声音很大，李军亮在办公室肯定也能听见。我想，过一会儿，李军亮应该会把这些杂志搬上去的，现在进不了库房，但是可以先放到我们办公室。

第二天一到单位，我就看见那些杂志仍然在台阶下扔着，上面已经覆盖了一层厚厚的灰尘。

上到办公室，李军亮还没有来。王云正在办公桌后面忙着写什么。我跟她说，要不我去把那些杂志搬上来吧？

王云说，不用你，我就等着李军亮，我就看他到底多有种。

一直到九点多，我才听见李军亮的脚步声从楼梯上传来。就好像脊背上长了眼睛似的，我能感觉到李军亮走进屋子里的每一个细小的动作。他先是直直地往前走，方向是向着王云的方向。但是到了半中间，他停顿了一下。只是很细微的一小下。接着他一直走到了王云的桌子旁。他好像越走越轻似的，脚步声越来越小。

王云，你跟我出去一下，我听见李军亮说，我要跟你谈一谈。

大概有五秒钟的停顿，办公室里变得一片空白。接下来我听到椅子腿在地上迅速滑动的声音，椅背砸在地上的声音，一本书掉在地上的声音，巴掌打在脸上的声音。我抬起头，匆忙一瞥：李军亮的右腿已经后撤了半步，上身也在往高处提，往后面仰；王云的右手掌正走到了弧线的末端，这条弧线从李军亮的左脸上方一直连到王云稍微抬起在身前的左手上方。我看见王云的左手用尽全力地张开着。我连忙把目光移向别处。我又听见巴掌声后的喊声：什么玩意儿！这是王云的声音。我对她末尾的儿化音印象特别深刻。

张小敏从椅子上抬起了一半的屁股，双手托着扶手。马艳仍然被电脑给挡着。然后，我们三个人都出现在了王云和李军亮的身边。

李军亮向后退去，连着退了五步。他挡住了阳光，在地上落下一个畸形的人影。他转回身，他在自己的桌子上抓来抓去，他抓起了一本书，又放下了，抓起了一叠稿子，也放下了。他一副寻找的样子。接着他恍然大悟的模样，转身向着王云的方向走来。好像为了避免王云误会，他绕了个圈，从王云身后贴着灰色的铁皮柜走了过去，抓起了桌子上的电话话筒。

李军亮的全身都在发抖，他的下巴微微张开，下嘴唇用着力。每拨一个按键他的动作就停顿一下。他拨完所有的按键了。他盯着电话的眼睛抬了起来。你等着！他几乎是用尽全力地看着王云喊道。接着他马上又把目光放回到了电话上。

一阵轻微的低沉的"昂"的声音从李军亮的喉咙里传来。过了一小会儿，他自己才意识到了这一点。他用力闭上嘴咽了一口口水。

我们听出来了，电话那边是社长。李军亮每说两个字，就停顿一下。我感觉如果他把三个字连在一起说，就会变成一声完整的号哭。

社长，我必须见你，我去会场去，我现在就得见你。

那种感觉就好像办公室的正中央，放着一支点燃的炮仗，引线正发出"哧哧哧"的声音。张小敏戴着耳机，但是并没有像往常那样哼出声来。马艳去厕所待了很长时间。我猛然间发现，已经二十分钟过去了，电脑上打开的一个稿子我还没看够三行。王云一个接一个地打电话，全是给经销商的。她笑的次数比平时要多。叫王总李总叫得也比平时亲切。从我来到单位到现在，她从来没有在一天之内给经销商打这么多电话过。

打完电话后，她打开了铁皮柜子。她开始整理柜子里的东西，账本啦、笔啦、订书机啦、打印纸啦等等。我也从来没有见过她整理这柜子。在这个过程中，她不停地说话。比如她就问我，在哪儿可以下到盗版的韩剧。她还问我，平时都在哪个饭店吃饭。她给我推荐了一家冒菜，就在单位附近，她说这家冒菜特别出名，特别好吃，好多人开车排队来吃呢。小梁，我记得最后她跟我说的话是这样的，我觉得你今天穿的衣服比上个星期的好，你还是适合蓝色。她还问张小敏，有没有同感。

没到中午，社长和李军亮一起回来了。王云被叫到了社长办公室。

中午我吃完饭回来，见社长办公室的门关着，也不知道他们去哪儿了。

一点多，李军亮一个人回来了。我听见他沉重的上楼梯的脚步声。我又听见钥匙的声音。我听见他打开了社长办公室的门。接着我听见他喊：小梁。我站起来的时候把耳机给带到了地上，我捡起耳机的时候又把耳机线给拽了下来。等我到了楼道里，看见李军亮皱着眉头站在社长办公室门口，影子淡淡地落在地上。社长办公室熟悉的气味从门里传出来。因为每次领工资都会闻到这个气味，它竟然能给我一种愉悦的感觉。怎么这么慢？李军亮说，走，跟我去把杂志搬上来。我们两个抬着杂志在台阶上走，难以想象一袋子杂志竟然会这么重。不一会，我就觉得需要放在地上歇一歇。这么说起来，李军亮的力气可真是大呢。

至于和王云的事，我数次想问，但李军亮一直绷着脸，最终我也没有问出口来。

下午两点半一上班，社长就把我们叫到她的办公室开了个会，来到单位这么久，我们还没开过这么正式的会。社长让张小敏念了一个任命，是打印出来的，上面盖着单位的章。杂志社任命李军亮为下旬刊的编辑部主任，工资增加到一千六一个月。张小敏念完后，社长发表了一番讲话，她说，希望大家好好干，最近的情况很好，我们杂志的发行量一直都在升，尤其是上旬刊，已经快到一万五千册了。这是我们大家一起努力的结果。这次之所以要把李军亮提成中层干部，是因为李军亮又努力，又辛苦，能力也够。机会对每个人都是公平的，社长说，只要你好好干，我肯定会给你好的平台。

我一扭头，突然间看见王云的脸，她的左边嘴角微微地翘着，眼珠斜在一边。接着我又看见社长的目光也看向了王云。但是她的话并没有停下来：以后单位有什么活，大家都一起干，不要只推给军亮一个人。我们每个人都要积极一些。社长说，就比如搬杂志这件事，以后来了样刊，大家一起去搬。

李军亮站得直直的，看着社长，两只手一会儿在身前握着，一会儿在身后握着。

时间过得好快啊，一眨眼，十多年就过去了。有一天，一个朋友叫吃饭，地址发过来后，我看着手机浑身一颤：吃饭的地方在青年宫附近。正是我原来那个杂志社位所在地。李军亮的声音突然出现在我的脑子里。对了，婚礼。我把他的婚礼给忘得一干二净。有一个月了吧？李军亮打电话到现在？下一秒，另外一个念头出现了，是不是我已经参加过他的婚礼了？这几个信息接连出现，很快又消失得干干净净。我连忙查看短信。事实证明，我的感觉发生了太大的偏差。李军亮的婚礼并没过去。那天我和朋友吃完饭后，专门去青年宫看了看。原来做我们办公室的那个二层小楼，已经全部被那个培训学校给占领了。当初它只是用了两间房子而已。我走近看，原来的大厅铺上了地毯，一群孩子在里面趴在镜子前压腿。院子里的地面也被重新硬化过了，画上了崭新的白色停车位。原来的灌木和小草坪都不见了。我找了半天，也没找到十多年前的影子。

十月三十一号，我去参加李军亮的婚礼。旋转门在新婚夫妇背后发出咯吱咯吱的声响。李军亮额头上有很深的三竖皱纹，看上去老了很多。在街上看到他这种样子的，我一直以为最起码要比自己大十岁。后来我想，这其实是我的问题。我对自己的年龄还没有清晰的判断。平时认识其他的同龄人，因为经常见面，并没有感觉大家已经老到了这个程度。算一算，李军亮和我都已经三十六岁了呢。李军亮说话的时候，目光一直看着新娘。

我和李军亮握完手，把手伸给了新娘。新娘脸上挂着笑容，但是看上去就好像一点欢迎的意思也没有。后来我想起来，大概是因为她的脸太瘦了的缘故，就好像骨头上包着一层皮似的。即使在笑，她的嘴唇也抿得紧紧的。后来敬酒的时候，我发现她一张开嘴，上嘴唇就退到了整个牙齿上方，让你怀有它还能不能再次包住整个牙齿的猜想。她看上去要比李军亮还要大一些。我被分在男方朋友这一桌，李军亮搂着我的肩膀，说，小梁，我给你个任务啊，待会儿社长来了，你帮我招呼招呼社长，你是不是好久没有见社长了？我常常见，我们关系很好的。社长现在退休了，不做杂志了，每天在外面旅行，经常出国。

终于，司仪把话筒交给了李军亮。李军亮从西服口袋里掏出了一张纸，对着纸念了起来。我以前没有发现，他的乡音是这么重。他为了现在自己还不错的生活以及今天的婚礼，感谢了朋友，感谢了亲戚，感谢了自己的领导（现在他在一家教辅类报社上班），他还感谢了他老婆，隆重感谢了老婆的舅舅，他还引用了一首诗，说他感谢自己的出身，他的出身让他明白粮食是怎么来的。他说和老婆结婚之后，要更努力地生活，要创造出一个美好的未来……

一个个子矮小的光头男的，跟我在同一桌。他扭回头看着主持人的脸，黑边框眼镜闪了一下光，说道，我操，这逼还有完没完？让不让人吃饭了？接着他开始转动桌子，红色的酒盒子划了个弧线挡住了他的脑袋，他直起摊在椅背上的腰，熟练地抓住酒盒，在底部前后一扣，里面褐色的酒瓶露了出来。

在主持人的指点下，李军亮单腿跪在了地上，看上去好像摔倒在地上的粗糙的木头小椅子。

来吧，矮个子举起杯子对我们说，咱们别等了，开喝吧。

我一直等着社长的出现，但是直到我离开，也没有看见她。

跑
步

　　尽管没有喝酒，李东晚上还是起来了三次。外面天还是黑着，他就怎么也睡不着了。他把放在床头的手机开了机（半夜每次躺到床上，他都想把手机开开，他费了很大的劲，才克制住了开机的念头，但是因为看不到时间，他觉得时间漫长极了），看了时间，才五点多。

　　这是李东少有的不喝酒的时候，他答应了女儿，这个星期六九点要到新家去。这个星期四，女儿在上学，她那个家定制的家具回来了。她急切地想看到自己挑选的家具好不好看，尤其是书柜，女儿喜欢读书，现在租的这个房子里只有个简易的松木书架，都没有地方放书，一部分只能放在纸箱里。定制家具的时候，她极力要求把书柜弄得大一些，为此还把衣柜厚度缩了二十厘米。昨天晚上回来，李东发现，女儿已经收拾出来一大包的书，说是要带到新房子里去，放到书柜里。

尽管睡得不好，但李东还是感到舒服。要知道好多个早上他一睁眼就连忙往厕所跑，对着马桶要吐上好多次。还有一次，他一睁开眼，看见自己的呕吐物都喷到床对面的桌子下面了。有多少次，他一边往单位去一边深呼吸，走一截就停下来，要不然喉咙里的东西就会汹涌而出呀。

看了看时间，李东克制着自己把手机放下，这也是一次胜利，平时他躺在床上能看一两个小时手机。他试着闭上眼睛深呼吸，也许能再睡一会儿呢。过了会儿他又睁开眼，抓过手机，打开听书软件，点开了催眠音乐。然后他翻过身，用自己习惯的姿势趴着。

屋子里是深蓝色的，桌子椅子床什么都模模糊糊的，一阵巨大的呼噜响起来，李东的嘴角微微张着，口水流到了枕头上，他的两只胳膊伸出被子，摆在脑袋两侧，就好像在举手投降似的。被子下他鼓鼓囊囊的身体随着呼噜声颤动着。他睡过去了。

手机里一个女声缓缓地在音乐中说，体会你的呼吸，深沉缓慢地呼吸，放松你的全身……

等李东醒过来时，窗帘已经变白了，已经是七点五十了。他已经好久没有睡到这么晚过了。我睡了个好觉，李东想，我的身体感觉多么舒服啊，从今天开始，我再也不喝酒了。

就在这时候，门把手缓缓旋转的声音传来。李东不看，都知道是女儿。他抬起了头，看向门口。女儿的脸露了出来。她笑了。你终于起来了，我都等了好久了。你妈走了？李东问女儿。早走了，女儿说，七点就出发了。李东老婆今天去学校监考英语四级考试，不能请假。所以只能李东陪女儿去新家了。不过装家具那天是李东老婆去看的，所以她已经看过样子了，并且在手机里拍了照片。但是女儿死活不看照片，说是看了照片，就会让自己的快乐减少一些。

我都已经把作业写完了，等李东起来后，女儿对李东说。李东往厨房走，女儿问他，你干吗去？李东说，我去把饭热上。昨天老婆已经把今天的早饭准备好了，稀饭和豆包。女儿说，我已经热上了，刚才我看见你起来，就把饭热上了。

女儿在地上站着，她已经把要带的东西都摆在了门口的鞋凳上，一个蓝色的牛仔包里鼓鼓囊囊地塞满了书，另外一个是女儿平时背的书包，里面也塞满了书。昨天晚上李东已经试过牛仔包了。女儿是照李东的最大负荷装的书。即使如此，女儿还是发愁，我什么时候才能把我的书都搬过去呀？

女儿在地上走来走去，一刻也不能停下来，李东能感觉到她的急切。

我绝对能做到，李东进厨房看电饭锅时，女儿也跟了进来说道。什么能做到？李东问。我绝对能每个星期六跟你回新家去。这个是昨天晚上他们聊过的话题。李东说，咱们以后每周六都要回新家去。李东妻子认为不现实，你哪个周五不喝酒啊。李东说，我以后周五不喝酒了。李东老婆说，可能吗？再说了，女儿周日上午还得上舞蹈课，你周五晚上回去，到周六晚上就得回来，要么就是周日早上早早回来，太折腾太累了。结果女儿站在了李东这一边，她说自己不嫌累，可以跑的。本来作业就多，李东老婆说，你还闲没有自己的时间，这样来回跑，更没有你的时间了。女儿说，作业不用你管。

所有认识李东的人，都知道李东女儿学习好，李东女儿上初中二年级，每次考试差不多都是学校里的第一第二名，并且学校还是市里的重点，数一数二的。大家也都知道，每当他们问起李东，是怎么管女儿的，李东每次都说，女儿的学习自己从来没有过问过，从小就学习好。这点李东真的没有说谎。李东一次都没有看过女儿的作业。有几次，李东老婆让李东去看女儿作业，李东躺在床上看手机没动，为此他们还吵过架。即使如此，李东也没看过。

那咱们就每周五晚上回新家去。李东对女儿说。女儿把碗和勺子从橱柜里拿了出来。热好了吧，她说，都好半天了。李东说，再稍微热热。说完他向外走，站在了厨房外的阳台上。阳台外是密密麻麻的高楼。神奇的是，高楼中间竟然露出了一小块空隙，可以一直看到城市西边的山脊。今天空气真好啊，李东站在阳台上说。山脊清晰地露了出来，黄色的土和白色的岩石，还有一片一片的绿色。平时看过去，大部分时候都是灰蒙蒙的，偶尔看到山脊，也是模模糊糊的，今天看过去，异常的清晰。

女儿把电饭锅打开，热气冒了起来。早好了，女儿说，现在都热过了。她用勺子舀饭。李东把饭端到客厅，放在茶几上。他们一人坐一把粉色的小凳子开始吃饭了。这个姿势太低了，每次吃饭李东都有一种喘不过气的感觉。但是没有办法，房子里没有一个能放下一张正常高度餐桌的地方了。

当初李东租房子的时候，可是看了好久。结果他们发现，在女儿学校附近，所有的房子都是 1970 年左右盖的单位房，几乎所有用来出租的房子都没怎么装修过，大部分卫生间还是蹲坑，厨房的玻璃都是碎的，地上是黑漆漆油腻腻的水泥地。就这些破烂房子，要价也比别处高出差不多三分之一。那些稍微装修一下的，马上价钱就比别处高出二分之一了。

李东观察过，院子里为孩子上学租房子的人差不多占了一半，剩下的都是老人。过段时间，就有花圈摆在院子里。老人一走，马上房子就会被租给陪孩子上学的人们。

这套两室一厅六十平方米的房子，现在满登登的，随着时间的推移，一家三口的东西越来越多。在家里走动，一不留神你就会撞到或者踢到东西。

平时女儿吃饭都比较慢，今天她却比李东还快。吃完饭后她对李东说，爸爸你快点吃，我给刷碗。说完她就去了厨房。李东听见锅碗碰到一起的声响、水流的声响。

之所以吃饭慢，是因为李东一直在看手机。前些天他发现，最近房价涨了许多。当初新房交房的时候，因为没钱装修，他们就把原来的一套五十多平方米的房子卖了，卖了四十万。最近网上成交价格显示，同样面积的房子现在都五十五万左右了。看了一会儿，李东嘴里嘀咕道，他们都疯了。因为他看到有人甚至把价钱开到了六十万。

你快点呀，女儿催促，我把其他锅碗都洗完了。李东说，我的这个碗就算了，回来再洗。那可不行，女儿说，妈妈最讨厌碗筷泡在水池子里了。女儿站在李东旁边，李东把稀饭喝完，把小半个豆包塞进嘴里。女儿把盘子和碗拿走，去了厨房。厨房的门缓缓地闭上了。

李东的屁股从小凳子上抬了起来，还没有站直的时候。电话响了。李东站起来，把手机拿在手里，他看着屏幕上的名字，犹豫着接还是不接。

李东接起电话的瞬间就后悔了。

电话是李东的领导打来的，领导说，李东你现在去单位把下周要用的材料整理一下吧，我今天下午要出差，回来就周二了，到时候恐怕时间就不够了。你弄完在单位等着我，我出发之前过去看一下，然后你再改改。下周这个会议很重要，你千万要认真一点。要尽快啊，利索点。不要拖拖拉拉的。

领导在电话里说。他说话老是慢腾腾的，如果面对面，伴随着他的动作，你感觉不是太明显。在电话里就不一样了，当他说话时，李东有一种他正眯着眼睛在纸上找字的感觉。

就是因为知道领导这个周六要出差，李东才确定地跟女儿说，绝对不会有加班的事。

李东拿着电话，他听见自己对领导说，好的好的。接电话的过程中，李东一直在走路，现在他来到了客厅阳台上，看见外面的院子里，又摆出了花圈。又有一个老人去世了。是哪个老人呢？李东想。在院子里住了快两年了，他对院子里的人也都熟悉了。

接完电话后，李东往回走，他看见女儿正在穿鞋子。爸爸你快点吧，女儿说，你记得拿上钥匙啊，你别忘了拿上测甲醛的仪器。仪器是李东老婆刚从网上买来的。

窗户打开着，一只麻雀在窗外的山楂树上跳来跳去。院子里静悄悄的。李东，这个大个子，鼻尖一直发红的四十岁男人，正伸着脖子，看着电脑屏幕。过一会儿，他就低头在键盘上敲打几下。他的眼睛布满红丝，桌子上，除了电脑剩下的位置全部堆得满满的，书啊，杂志啊之类的东西，不过最多的是文件。上方有红色的线条和公章，还有领导们歪歪斜斜的签字。

这是一间在三楼的办公室，有一面墙上，是一张外面院子夏天的照片，占满了一堵墙。照片上全是绿色，有槐树、山楂树和各种花，每次看着这幅画，李东都能想起夏天里这些绿色中密密麻麻的飞虫，一不留神就有蚊子叮出个大包来。还有不知道藏在哪儿的蝉，从早到晚一刻也不停地叫。

李东微微站起来了一些，脑袋向电脑右侧伸，然后伸出手去够一摞书后面的什么东西，就在这个时候，左侧码起来的那摞书最上面的一本滑了下来，砸在键盘上，掉到了地上。为了挽救这本书，李东连忙缩回手去接，没接着却撞得键盘啪啦一声响，让人觉得键盘架都掉下来了。

李东僵在原地没有动。过了会儿，他一屁股坐在了椅子上，灰突突的阳光隔着窗外的树枝还有窗户照进来，一小块一小块的，暗淡地落在他的身上，空气看上去也是灰突突的。李东肥胖的身体把衣服撑得紧绷绷的，他的衣服从来都只有黑灰两色，此刻看上去好像很脏似的。

四周很静，夏天里的虫子都死光了，连一丝风都没有。一切都死寂着纹丝不动。

李东往前拉椅子，把键盘架子推回了桌子下面，然后趴在电脑显示器前面，他的肩膀缓缓地起伏。过了一会儿，他又举起双手，支在桌子上，把额头用双手托着。

刚才，李东在座位上刚刚坐下来，领导就又把电话打过来了。你到单位了吗？领导问。李东说，已经到了。领导说，这个材料你得重视起来，是一个很重要的会议。动作快一点，不要拖拖拉拉，一定要在我下午出发之前，把这个材料给确定下来。我现在有点事，应该很快就过去了。

平时李东都是坐公交到单位的，今天他是打车，就是想早点把材料弄完。他答应女儿，无论如何，今天一定要跟她到新家去。领导挂了电话后，李东半天没有动。他真想站起来离开。

李东自从开始上班，就是写材料，到今年，已经写了十五年了。他已经四十岁了。这么多年里，几乎每一任领导都对他表示过，一找到别的能写材料的，就把他替换了。单位都进了三批新人了。每次新人进来，李东都会充满希望。结果呢，新人试上一两次，领导就不满意了，还是要李东来写。结果新人变成了老人，跟别的人一样，每天到了单位就是聊天上网，就更不可能再来做写材料这种麻烦事了。他们说，我做不了，我写不了。有什么办法呢？

在现在这个领导来之前，李东经常都会抱怨，但是事实上他那时候干的活也不算多，一个星期真正用来写材料的时间也就两三天而已。只是和那些每天坐着什么也不做的同事相比，他不平衡而已。新领导来了之后，他的噩梦才真正开始了。李东弄不明白，为什么新领导这么喜欢讲话，并且只要有人邀请他参加活动，他也不管这个活动有没有什么意义，他也不嫌累，都会去参加。只要去参加，他就要讲话。李东统计过，这个新领导一个星期最起码要参加三个活动。这些话又不是他写的，他只是念一念，为什么那么上劲呢？这个新领导还有另外一个特点，就是每次李东写出来的讲话稿，他都会来来回回地改动，在李东看起来，这些改动是毫无意义的。每次改过后，他都会表现出一副看我改得多好，你水平太差了的模样。

还有，新领导来了之后要求每个部门每周每天每月都得形成书面的总结汇报，单位每周每月也要总结材料。刚开始各个部门应付差事，随便写两句就交上去了。结果领导在开会时黑着脸批评了一个多小时，说是大家的态度不好。各个部门为了这个总结汇报，可是脑壳发疼。于是就有人来找李东，让李东帮着弄弄。都是一个单位的，平时还经常一起吃饭喝酒，李东也不好拒绝。于是李东要弄的材料越发多了。

更离谱的是，新领导眼里就好像没有下班时间这个概

162

念似的。有时候半夜还给李东打电话，让李东赶到单位去。

不只对李东，刚开始新领导对每个人都是这个态度。但随着时间的推移，态度发生了变化。一种是像李东这种，活是越来越多。另外一种是领导不给他安排任何活。后一种为什么呢？举一个例子，办公室主任，新领导有一次批评办公室主任，办公室主任直接把杯子砸在了新领导办公室地上。从那之后，新领导就再也不给办公室主任安排工作了。还有一个司机，经常在单位打架，本来他负责给大领导开车的。新领导现在也不用他了。李东心里很羡慕这些人。可惜的是，他没有他们的勇气。

有一天晚上和大学同学吃饭，李东突然发现同学脸上露出不耐烦的表情。你为什么老是说这些呢？同学说。从那天开始，李东每天晚上睡觉前都反省一下，自己今天是不是又说了许多新领导的坏话。结果发现，他现在脑子中最起码百分之六十的思维，都是跟新领导有关的。这可把他吓了一跳。他感觉自己就好像小时候学的那篇课文里的青蛙一样，越来越往井里去，看到的天空越来越小。后来他开始有意识地控制，结果情况也并没有变好一些。

为什么大家不能各自活各自的呢？为什么有些人要给别人的人生带来这么大的困扰呢？

李东一动也没动地低了好一会儿的头，你可以听见他正在缓缓地呼吸，过了一会儿，他把手又放回了键盘上，又盯着电脑屏幕开始写起来了。

好久都没有这么高的效率了，往常李东每次动手写材料前，都会拖拖拉拉半天，他先是上网看看新闻，又泡杯浓茶，他胃不舒服，每次喝完茶都会有灼烧感，但是坐在桌子前，他就想喝茶，毕竟他已经喝了十多年了，牙齿上都是黄黄的一层茶垢。接着他还会去一楼去上趟厕所，在洗手池旁边仔仔细细地把每根指头都打上香皂，只洗手一项他就能用上好长时间。有时候他甚至觉得这些动作是自己写材料的必须动作，不然就启动不了。

但是今天，他来了就这么坐在电脑前，一个字接一个字地敲下去。等他写完的时候，抬头一看，刚刚过去四十分钟。他尝试着用领导的目光挑剔地又看了一遍，发现几乎一点问题也挑不出来。他甚至迫不及待想让领导看了。要知道他以前每次写完，一想到要给领导看，就觉得头疼。

李东本来想马上给领导发条短信，告诉他自己已经写完。但是马上他又想到，如果现在就发，领导会觉得他平时写得太慢了，说不定他会觉得李东这次是在敷衍了事。大星期六的，领导把李东叫来加班，如果李东这么快就弄完，好像领导并没有给李东带来多大的不便似的。最终李东没有发这条短信。反正领导也没让自己叫他，反正他也会来，他肯定不会因为自己叫了他而早来一会儿的。那么我就在这里等他好了。李东这么想。

因为是星期六，厕所里没有往常那些乱扔的擦过屁股的报纸。也不知道是单位的谁，大家都觉得应该是司机，每次上厕所都用报纸，并且是一大张一大张地用，纸篓里肯定放不下嘛，就会掉得到处都是。李东站了半天，挤出了几滴尿。他又保持姿势站了一会儿，然后提起裤子站在了洗手池上方的镜子前。

他看着镜子里的自己，头发稀稀疏疏地盖在脑袋上，额头上有三道皱纹，眼镜后面的眼睛四周肉又松弛又皱巴巴的。有好多年，人们总是会说他看上去年纪小，有一次单位拍照片，出来后，办公室主任在相机里翻看，然后说，还是人家李东年轻，你看看人家的皮肤，再看看我的。现在呢，连这个办公室主任也感慨过，李东真是衰老了好多啊。这是因为什么呢？全是因为写材料，经常熬夜加班，由于久坐，浑身都是毛病。

去你妈的吧。李东发出的声音把他自己吓了一跳。但是接下来，他又对着镜子喊了一次。声音比他预想的要低得多，在出去的那瞬间，他的勇气消失了，他担心万一有别人在。

对着镜子整理了一下歪歪斜斜的衣服，它们也没有显得更整洁贴身一些。就在这时候，外面一阵脚步声传来，李东连忙伸出手，打开水龙头，开始洗手。他突然想急切地追出去，让那个人看到自己，让他看到周六大家休息的时候，自己还在单位加班。

到了十一点，李东终于忍不住了，给领导发了条短信。等了二十分钟，领导都没有回复。如果再过十分钟，他还不给我回复，我就回家去。到了十一点半，领导仍然没有回复。李东关了电脑，把东西收拾好，关了办公室的门，出了院子，来到了外面的大街上。

他站到公交站牌处，看见自己要搭乘的公交车停在红灯对面，只剩下二十五秒就要开过来了。很少有这么顺利的时候，每次他在公交车这里等，最起码也得十多分钟，有时候甚至得半个小时。

李东把公交卡拿了出来，眼睛盯着公交车。他拿出手机，拨了领导的号码。

领导在电话里对李东说，你再等我一会儿，我现在有点事，马上就过去了。人们向着公交车打开的门跑去，李东把公交卡放回了口袋。他看了一会儿伸出手推着前面的一个中年妇女，然后转身又向单位走去。

女儿坐在红色的车座上，把书包抱在自己的怀里，她把脸扭向车窗外。把书包放地上吧。李东又一次对女儿说。女儿没有动，就好像没听见他说话似的。李东一只手抓着公交车上方的扶手，另外一只手拽着放在地上的旅行袋的背带。他弯着腰看了一会儿女儿，抬起头也向车窗外看去。

雨下得比刚才更大了。路灯和车灯和广告牌透过玻璃时变成了模糊的色块。车厢里一股潮湿的气味。现在已经是下午四点半了。等他们到了新房子，大概待不了半个小时就得往回走。

我也没有办法，李东是这么跟女儿说的，但是这就是工作，工作做不完我总不能跑掉吧。

李东在单位一直等到下午三点，期间联系领导，领导竟然关了机。后来领导告诉他，情况发生了变化，他来不了单位了。我星期一下午回来，咱们星期一晚上加加班吧，领导这么说。

公交车摇摇晃晃地往前挪动，每次在站牌处停下来，都会涌上来一大群人。李东的右边胳肢窝下面，紧紧地挤着一个女人，她头发全湿了，她不时伸手在脸上摸一把。现在李东不得已把书包背在了背上，地上都是水，已经把书包给浸湿了一个角。李东担心里面的书是不是也被浸湿了。

当李东把书包背起来后，女儿已经数次看向他。分明是想弄清楚，是不是书包湿了。但是当李东跟她说话时，她还是不吭气。

书包太重了，李东不得不过一会儿就调整一下姿势。调整过几次之后，他发现刚才在右侧的女人，挤到了他的前面，抓着女儿座位的靠背。还好李东个子高，可以轻松地抓着上面的扶手。那个女人用背使劲地往后靠，李东不得已又往后挪了挪。那个女人给自己争取出了一个宽松的空间。她腹部紧贴在女儿的侧面椅背，拿出了手机，手机发出的光，映照在车窗上，惨白惨白的。

有那么一会儿，李东涌起了一个念头，从上到下，用力用手肘击打那个女人。他脑子中出现了一个画面，那个女人发出声闷哼，然后软软地向前倒去，像只死鱼一样，肚白朝上躺在湿淋淋的地上。

后来旁边又出现了一个散发出很大大蒜味的人。李东觉得气都喘不过来了，肩部被书包带子给勒得发疼。李东这次不想调整了。他把注意力放在肩部的疼痛上。这种疼让他产生了一丝愉悦感。

公交车嗡嗡嗡的发动机声，拍打着车窗的雨声，车厢里人们挤在一起的声音，几乎没有停下来的尖锐的汽车鸣笛声，说话的声音，这一切连成一片，让自己有一种乘坐一艘小船在海面上摇晃的感觉，声音就好像灰色的海面似的，看上去让人感到害怕。

车子出了拥挤的商业区，开上了快速路。速度快了，李东感到站着的车厢下面，一直被什么给密密麻麻地撞击着，发出砰砰砰的声响。

外面的灯光少了许多，四周变得很暗。

车子停了下来。李东以为是又到了站牌处了，后来发现不是。车子停在路中间，四周全是车。所有的车都纹丝不动。肩膀的疼让李东觉得可能皮已经被磨破了。

前面的那个女人，把手机放回了背着的包里。她突然扭回头看了一眼李东，然后把包往自己的胸前拽了拽。

车门打开了，拥挤的人们晃动了几下。过了一会儿，四周变得宽松了起来。有些人从车门往下走。发生了什么情况？李东越过人头，视线已经能看到司机了，司机坐在驾驶座上，身体前弯，李东并没有听见他说什么话。

李东问正在他身边经过、往后门走的一个矮个子男的，前面怎么了？那个男的抬着头看了一眼李东，没有说话，继续向前走去。李东真想一把抓住他。

女儿盯着看下车的人，又把脑袋贴着玻璃，想看清楚外面到底发生了什么。她什么也看不到，抱着书包站起来了一些，往前面看。

李东说，我去看看吧。女儿坐回了座位上，她还是不跟他说话。

当李东走到驾驶座右侧时，他看见司机正把肘部支在方向盘上，手里拿着手机。师傅，李东叫。司机没有反应。师傅，李东问，前面发生了什么？司机还是没有反应。雨刮在车窗上迅速地滑动。师傅，李东往前了一点，弯下腰，正准备说话时，司机不耐烦地把手往前挥了挥，你自己不会看啊，他说。李东弯下腰，靠近车窗，他只能看见一片车灯。前面的桥下都是积水，旁边的一个老太太说，这里每次下雨都是这样，也没有人管管。可不是，旁边的一个老头愤怒地接腔。这得多久啊，李东问。司机不吭气。老太太说，谁知道啊，说不定得一两个小时，现在雨还没停呢。

女儿站了起来，等着李东。她的身高比旁边的一个中年人都高。

要不咱们也下车走吧，李东对女儿说，过了桥就有其他方向来的公交车了。

女儿把书包背在胸前，李东也把书包背在胸前，这是为了避免书被淋湿。还好，他们带了伞，李东从单位回到家时，女儿把这些东西都收拾好了。下了车他们发现，后面还有好多辆公交车，每一辆公交车上都在往下下人。他们和李东和李东女儿一起往前走。

自行车道和人行道要比机动车道高一些，并没有积水。当他们走到桥下时，看见水里停着一辆黑色的汽车，人行道上站着几个人，看着那辆汽车，看着过了桥打着伞正在打电话的司机。肯定完蛋了，李东听见其中一个人说，也不知道她为什么非要往里冲。

很快，李东就感觉到鞋尖那里进了水了，袜子也湿了。风刮得伞拿也拿不稳，他只能把伞放低，顶在脑袋上。裤子也要湿了，裤脚变重了。

右边肋部有个地方传来隐隐的疼，应该是刚才背书时，被撞了一下。两边的肩膀也被勒得疼。

女儿不时调整姿势。她的上身用力地往后仰。李东赶上去，对她说，你把书包给我吧。女儿没有看他，突然加快了脚步。

到了下一个站牌处，站牌上挤满了人，很大一部分都是来自李东他们刚才坐的那辆车。回过头看见，还有人往这边走来。

终于，一辆公交车开了过来。但李东还没有反应过来，车门口就已经挤成了一团，就好像公园里刚刚丢入了鱼食的水面似的。

李东有些犹豫，但女儿也挤了过去。他只好也跟着。但是并没有轮到他们，门口的乘客喊了起来。没有位置了，后面的乘客等下一辆车吧。司机用喇叭喊。

他们只好退回了站牌处。

李东突然有了个念头，他拿起手机给老婆打电话。他对老婆说，今天雨太大了，要不女儿明天的舞蹈课别去了吧，我们今天晚上就在新房子这里住。老婆说，你自己看着办，我忙着呢，没时间跟你说话。说完她就挂了电话。

李东觉得自己把问题解决了。他弯下腰，想告诉女儿。女儿抿着嘴巴，正在用一只手抹脸上的泪。看见李东看自己，女儿把脸扭过另外一边，但扭了一半她又扭了回来，对着李东大喊，都怪你！是啊，李东弯着腰，小声地对女儿说，都怪爸爸。

李东把女儿的书包拿了过来，这次她没有拒绝。把书包从肩膀上摘下来时，她咧了下嘴。书比我们想象的重是吧？李东用开玩笑的语气对女儿说。女儿停了一下点了点头。李东手提着女儿的书包放在身前，以免被雨淋到。

下一辆公交车来了，李东向着人群挤去，他用力地使用自己的四肢，推开旁边的人，护着女儿上车。

你确定没有问题？老婆在电话里问李东。咱们那个家和客厅都没有问题，李东说，我测了好多遍，都晾了这么久了。我让她睡在咱们那个卧室，没有问题的。你要把她那个家的门关上。老婆说。李东说，关着呢。沙发上能睡？老婆说。完全没有问题，李东说，咱们这个沙发比之前的沙发都舒服，不软不硬，恰好。

李东钻在伞下，缩着肩膀跟老婆打电话。他小心翼翼地下台阶，他不明白，为什么这么多台阶都要使用这种一下雨一下雪就变得光滑的好像镜子一样的石材。我操，他突然叫了一声。怎么了？老婆问。我他妈没看见，踩到水里去了。尽管他迅速地跳了过去，还是马上感觉到整个脚都湿了。你不在家？老婆问。李东说，我下来了，在小区里，这里的路灯一点都不亮。刚才一个剧烈的动作，弄得他肩膀处更疼了。刚才他在卫生间对着镜子看过，被勒出了两条血红印子。

老婆问，你干什么去？李东说，我要去买瓶酒。他等着老婆咬牙切齿地骂他。他咬着牙，屏住呼吸。他发现自己在积蓄力量准备反击。你随便吧，老婆在电话里说，你想喝你就喝吧。她甚至没说你要吐给我吐到马桶里去。李东嘴巴里干渴的感觉更加严重了，他急切地需要酒精。

挂了电话后，李东发现，小区里刚开的那家超市已经关门了。他刷了门禁卡，往小区外走去。整条街道都没什么光亮，临街的商铺都还没有开业。如果要买东西，他得走到下一条街去。

他没有丝毫犹豫，迈开步子向前走。人行道和非机动车道被用蓝色的铁皮围挡了起来。李东只好在机动车道上走，他尽量挨着铁皮。车灯晃动着在他前后照过来，景物变得模糊起来，密密麻麻的雨点落在雨伞上。

一辆车停在路边，李东不得不往机动车道的中间绕。一瞬间，他听见从四面八方传来汽车尖锐而持久的鸣笛声。他故意放慢了脚步，一辆车冲上来，和他并排。李东站住了，扭过头向车里看去。他再次屏住了呼吸，他的心跳加快，但是他坚持着没有退缩。过了几秒钟，那辆车开走了。

后面的车跟着绕开李东，向前开去。没有一辆停下来的。

再次回到围挡边上后，李东跑了起来，反正鞋子已经湿了，他也不在乎了。过了会儿，他听见自己正发出粗重的喘息声。

李丽正在离开

1

李丽问老板，这本书多少钱？老板把书接过去，是一本《教师职业培训》，他看了看定价，对李丽说，八块。李丽说，太贵了吧？老板说，这原价三十块呢。李丽说，你这是二手书，封面都折成这样了。老板说，这书我不知道卖了多少本了，前几天还有人来找，没找到，你这运气好，最后一本居然让你碰上了，你还嫌贵？李丽把书放下，走了出去。

鹿燕平问李丽，不买了？李丽说，那老板真讨厌，说话那么大声。两个人站在昏暗的光线里，鹿燕平看着李丽，不太清晰，她的衣服散发出一股洗衣粉的味道。鹿燕平说，我去买吧。李丽说，不要了。

那是 2004 年，再不到一个月，鹿燕平就要毕业了。李丽还要一年。他们已经谈了两年恋爱。去年过年，鹿燕平把李丽带回了家。鹿燕平他爸鹿常在说，你们结婚我是帮不上忙的，你得自己想办法。鹿燕平他妈王桂芳连忙在旁边说，别听你爸的，到时候砸锅卖铁，找人借，也要帮你们把婚结了。鹿常在说，说得轻巧，你给借去？鹿燕平说，你们就别管我了。他知道家里没什么钱，但听到鹿常在这么说，心里还是有点不高兴。还好的是，鹿常在说这话的时候，李丽不在场。

后来，王桂芳给鹿燕平打电话时，常常问李丽的事。鹿燕平说，成不成还不一定呢，你就别操心了。

鹿燕平还没去过李丽家。有一次，李丽放暑假回家了。鹿燕平一个人待在张城，做家教，一节课拿三十块，一个星期上四节。教一个初中生物理，费了好大力气，对方根本进入不了状态。

有一天，鹿燕平晚上讲完课出来，沿着大街往回走，时间是九点多，途经夜市，看着人来人往。他突然十分想念李丽。于是他买了去李丽家的火车票，在候车室待了四个多小时，到第二天下午才到了那个小城。

鹿燕平在那个小县城待了两天，住在旅馆。他去看了李丽上过的初中、高中，还有小学，还去李丽一直念念不忘的羊杂店吃了一碗羊杂。直到上车前两个小时，他才给李丽打了电话。李丽用了很久才出来。你怎么来了？李丽问鹿燕平，也不打个招呼。鹿燕平本来想说，我想你。结果怎么也说不出口，说，突发奇想。李丽说，如果我不在家你怎么办？鹿燕平说，你不在家我就回去呗。李丽说，神经病。李丽没有邀请鹿燕平去她家坐坐，鹿燕平也没有提出这个要求。李丽也没有提出要送鹿燕平去车站。鹿燕平自己坐车走的。到了车站，一看表，还有一个多小时才发车。这么说，他和李丽在一块待了只有十来分钟，还是在大街上站着。

把李丽送回宿舍，鹿燕平转了个弯，跑着过去，还好，书店还开着门，鹿燕平进去，把那本《教室职业培训》买了下来。然后他特地绕道到李丽宿舍楼下，看了一会儿她们宿舍的窗户。他想叫李丽下来，后来想想，还是算了。

宿舍里一堆人在打升级，扑克摔得啪啪作响，另外一拨人围着电脑在看黄片。看见鹿燕平，老魏叫，你来替我打吧。鹿燕平说，我不打了。老魏牌技很臭，又喜欢打，每次都被搭档骂得狗血喷头。鹿燕平觉得有点饿，提了提暖瓶，都空着。他端着饭缸子去别的宿舍找热水。

刚吃了一口，就听见打牌的人那里一阵骚乱，又喊又叫的。鹿燕平举着一筷子面朝宿舍跑去。

老魏提着板凳，被人死死拉住。鹿燕平想说点什么，他平时和老魏关系挺不错的，但没说，偷偷转身回去吃方便面了。那边很快就没了响动。

鹿燕平正在上厕所时，老魏进来了。他吹着口哨，对鹿燕平说，出去喝酒吧，我请客。鹿燕平想了想说，好。两个人结伴出了校门，找了个烧烤摊。老魏喝得很猛，话不一会儿就多起来了。他问鹿燕平打算怎么办。鹿燕平说，如果找不到工作，就只好回老家了。家里有关系没有？老魏问。鹿燕平说，哪里有？老魏说，跟我一样，不过我不打算回去了，一回去就再也出不来了。老家有个什么意思？鹿燕平说，那你打算？老魏说，如果找不到有编制的，我就找个企业打工吧，不行就考研。老魏又问，我记得你家里还有个弟弟吧？鹿燕平说，是。老魏说，那你家里压力应该挺大。鹿燕平说，嗯。那你和李丽怎么办？鹿燕平喝了口啤酒，回答说，走一步说一步吧，还能怎么办？要不咱们做生意吧，老魏说。做啥生意？鹿燕平还从没想过这个。什么都可以呀，可以卖衣服什么的。老魏说。鹿燕平说，哪里有本钱啊，再说又没什么经验。老魏说，跟家里要一点嘛。鹿燕平借着酒劲，把家里的情况说了一番。

鹿燕平他爸是镇政府的合同工，一个月只有几百块的工资。鹿燕平他妈每年种点地，也弄不了几个钱。鹿燕平和他弟弟上学已经让家里捉襟见肘，跟亲戚们借过多次钱了。

这是鹿燕平第一次喝醉酒，在厕所吐了三次后，他才爬上床睡觉。第二天醒来，已经快十点了。一醒来，他就想起昨天晚上对老魏说的话，不禁感到后悔万分。家里的情况，他从来没跟人说过，连李丽也不太清楚。

李丽有个堂姐在张城，已经嫁人生子。有一次，李丽带着鹿燕平去了趟她堂姐家。那是鹿燕平第一次去一个真正的城里人的家，他憋着一泡尿，由于没用过抽水马桶，进了两次卫生间，都没敢尿出来。李丽问，鹿燕平你今天怎么回事？当时她堂姐去给他们洗水果。鹿燕平说，没怎么呀，怎么了？李丽皱着眉头说，你今天的样子真猥琐。鹿燕平是有点局促，但李丽这么说，他还是伤心得不行。李丽堂姐问鹿燕平家里的情况，鹿燕平说得含含糊糊。李丽在一边说，他家里穷死了。接着还给她堂姐列举了一番，没有暖气，上厕所还是露天茅坑，我在里面蹲了半个多小时，腿都麻了。李丽说，去了趟鹿燕平家，我病了好多天。李丽堂姐当着鹿燕平的面，什么也没说。过了两天，李丽问鹿燕平，你家能拿出个房子首付不能？鹿燕平说，首付得多少钱？李丽说，得个十万左右吧。鹿燕平想了想说，到时候再说吧。后来又有一次，李丽再次提到了这个话题，她说，我堂姐说了，只要你家能拿出首付，咱们熬上几年，也就熬出来了。鹿燕平说，咱们现在还没毕业呢，找到工作再说吧。

那次从李丽堂姐家出来，李丽说，咱们一定要留在张城。鹿燕平说，那肯定的，难道我们还要回去？

2

鹿燕平所上大学附属中学来招人，鹿燕平试讲得了第三名，得到了复试的机会。鹿燕平很兴奋，给鹿常在打了个电话。鹿常在说，用不用送点钱？鹿燕平说，你有钱送啊？王桂芳说，考过了有多少工资？鹿燕平挂了电话后，觉得好像吃了一只苍蝇似的。李丽把鹿燕平的白衬衣和西裤洗了，还跟人借了熨斗熨了一番。她对鹿燕平说，你可别紧张，这次不行大不了下次。鹿燕平说，这次肯定行的。到了第二天，鹿燕平穿戴整齐，去了复试的地点，门口贴了张红纸，是复试名单，鹿燕平扫了一眼，发现没有自己的名字。鹿燕平给自己班主任打电话，班主任说，我也不知道，等我打电话给你问一下。过了一会儿，班主任回过电话来，对鹿燕平说，燕平，你被人给顶了。鹿燕平有点蒙。班主任说，人家有关系，就把你顶了。李丽大骂了一番。

其实，鹿燕平蛮想当老师的。后来又有学校来招人，鹿燕平发挥得都不太好。鹿燕平打算不再找老师的工作了。恰好老魏到一家网络公司跑业务，鹿燕平也去了。

连着培训了一个星期。鹿燕平开始正式上班了，他为找工作买的西服派上了用场。第一个星期，鹿燕平就跑成了一个单。在他们这一批新进来的业务员中，是第一个出单的。这给了鹿燕平很大的信心。算了一下，就这一个单，他就有底薪了，这个月他可以拿到一千二。本来以为可以再接再厉，再多签几个单的。鹿燕平也更加努力，每天从早到晚打电话，公司给每个人都发了厚厚的一本电话，鹿燕平从中间开始打，不到一个星期，就打了一遍。大概是被他们这些业务员给烦得不行，后来接电话的，语气都不太好。有一次，鹿燕平打过去，是一个男的接的，鹿燕平刚介绍完自己，对方就开始大骂出口，一句比一句难听，鹿燕平也没挂，一直听对方骂下去，大概有五六分钟过去了，那男的终于停了下来。鹿燕平问他，先生你现在感觉怎么样？那男的说，操你妈，接着就又骂起来了。鹿燕平继续听着。他觉得挺可乐的，尽管这个男的骂的是他，但他觉得好像跟自己没什么关系似的。他跟老魏说起这事，老魏还没有出单，他说，我现在都不想打电话了，晚上睡觉做梦都在打电话，早上起来一想起要打电话，我就觉得真不想上这班了。鹿燕平安慰他说，我觉得这事情就是个撞运气，撞对了人，单就签成了，我那单就是运气好撞来的。老魏羡慕地说，那你运气真好。鹿燕平说，所以电话还是得打。老魏说，只能这样了。

鹿燕平的同学对鹿燕平和老魏居然去跑业务，感到十分不解。他们有的找老师的工作，在张城找不到，就回老家找，有的在高新区找到了电路设计的工作，还有几个考研的，另外一些找不到工作的，都还拖着。照完毕业照，大家去聚餐，连女同学都喝醉了。有几个人哭了，鹿燕平也觉得鼻子发酸。老魏突然站到了椅子上，喊，你们这些傻逼，等老子赚了大钱回来，非把你们全买下来不可。

月底，老魏也出单了，鹿燕平后来再也没签到单。他安慰自己，这刚第一个月，和那些一个单也没签的人相比，自己的表现已经很好了。鹿燕平隐约觉得自己摸着了一点门道，他决定从下个月开始，不再打电话了，而是去扫街，所谓扫街，也就是一条街一条街一个店铺一个店铺，所有挂牌子的，全部登门拜访。这样要比在电话里说好一些，毕竟能见着面嘛。由于刚签单，老魏显得格外兴奋，领到工资的那天，他对鹿燕平说，咱们去大吃一顿吧。鹿燕平问李丽，去哪儿吃？李丽说，去吃肯德基吧。除了刚谈恋爱，鹿燕平用带家教的钱请她吃过一次之后，就再也没吃过了。那次他们吃得很少，就一个人一个汉堡，两个人合喝一杯可乐。老魏执意要付钱，他举起可乐敬了鹿燕平和李丽一下，他说，祝你们白头偕老。李丽笑了笑，握住了鹿燕平的手。老魏说，我真羡慕你们。说完之后，他就不吭气了。过了一会儿，李丽推了推鹿燕平一把，示意他看老魏，老魏双眼发红。鹿燕平说，老魏，你还吃什么，我去再买点吧。老魏说，我已经饱了。

老魏陪着鹿燕平把李丽送回了宿舍。

燕平，老魏对鹿燕平说，你说咱们上的这学有什么用？花家里那么多钱，用了这么长时间。鹿燕平想了想说，老魏，你不能这样想，如果不是上学，咱们就待在老家出不来了。老魏说，你看看咱们公司那些人，都才多大呀。鹿燕平一想也是，总经理年纪还比鹿燕平小一岁，有的业务员连二十岁都不到，已经跑成老手了。当然还有几个比鹿燕平他们大的，但很少。老魏说，所以，咱们浪费了多少时间啊。不能这么想，鹿燕平说，老魏你这么想就是给自己找不对。老魏说，我也就是随便说说。鹿燕平说，你还比我小一岁呢。鹿燕平二十四岁，老魏二十三岁。

尽管这么说，但两个人都还是有信心的。发工资的时候他俩都看见了，有些跑得好的一个月能拿一万多呢，还有的跑得时间长了，光续费提成就有七八千，尽管这样的业务员没几个，但还是让他俩看到了希望。

3

老魏和鹿燕平合租了个房子，把宿舍的铺盖搬了过来，大部分同学也已各奔东西，剩下的各忙各的，也就不联系了。本来，鹿燕平是打算自己租个房子，和李丽一起住的。李丽说，你还是跟老魏合租吧，省点钱，再说了，我搬出来，影响也不好。房子就在学校后面的城中村，一个单间，卫生间在楼道里公用，楼下就有一家澡堂。他俩挑的是比较大的一间，比别的贵些，一个月一百二，一个人六十块。又添置了些灶具，跟别的住户一样，放在了楼道里。搬过来的第一个中午，李丽就给他们炒了两个菜，在外面买了两瓶当地产的迎泽啤酒。三个人围坐在从二手市场买回来的小圆桌旁，吃得津津有味。老魏说，李丽你做饭真好吃，我平时就一碗的饭量，今天居然吃了两碗。鹿燕平吃得也比较多。主要是他们好久没吃过家里做的饭了，吃了四年食堂，闻见食堂的气味就想吐。

老魏吃完饭后，识趣地一个人走了。李丽说，你还是快点吧，不要让老魏回来撞见了。完事后，鹿燕平和李丽穿戴整齐地等了半天，也不见老魏回来。鹿燕平说，李丽，你暑假别回去了，找个家教，咱们住一起多好啊。李丽说，你刚去单位，还是好好上班吧，时间还有的是嘛。

李丽回家的时候，鹿燕平骑自行车把她送到了火车站，一共经过了十一站公交站牌，鹿燕平一点也不觉得累。就是热，浑身大出汗，不过他俩都不在意，一路上有说有笑。自行车是为扫街买的，鹿燕平买了份张城地图，在上面画了四五个大圈，两个月跑一片，差不多一年可以扫完。他把地图偷偷藏起来，怕被老魏给发现了。其实扫街这种事，大家都知道，但就是坚持不下来而已。鹿燕平下定决心，绝对不能半途而废。火车站侧面有个大超市，鹿燕平把自行车停了下来，他对李丽说，给你爸妈买点东西吧。他们把自行车存了。超市他们也就逛过两三次，一般买的东西很少，原先鹿燕平进超市门的时候，老是感觉有点心虚。这次就不一样了，他理直气壮地走了进去。

给李丽她爸买了个按摩颈椎用的电动按摩器，给李丽妹妹买了双鞋子。鹿燕平还自作主张，给李丽买了条裙子，蓝底上面有碎花，吊带的，李丽试了试，挺好看的。还是别买了吧，李丽说，二百多块呢。鹿燕平说，不就二百块的裙子吗，买了。鹿燕平要去上厕所，李丽说，那我去推自行车吧，待会儿我带你。鹿燕平说，你能带动我？李丽说，你一百斤都不到，我还带不动个你啊？

鹿燕平上完厕所出来，超市门口没有李丽。他心想，等过几个月，攒点钱，一定要给李丽买个手机。他转身去看存车那里，果然看见了李丽。鹿燕平一边往过走，一边注意到情况似乎有点不妙。李丽正在跟看车的瘦黑矮个中年男人争辩。怎么了？鹿燕平问。李丽说，咱们的自行车不见了，他还说跟他没关系。中年男人说，谁看见你们把车存我这了，你有存车牌吗？我这里存车都有牌牌的。说着中年男人把手里的牌子伸出来给鹿燕平看，木头做的，上面写着红色的数字。鹿燕平说，我们刚才存的时候，你就没给我这牌牌。中年男人说，怎么可能？这时候一个人推着车往进走，中年男人熟练地把牌牌挂在了那人的车把上，然后把另外一块相同的牌牌递给了那人。你看见了吧，中年男人对鹿燕平说，我在这干了三年多了，什么时候漏给过人牌牌？李丽的声音里都有哭腔了，你这人不讲理。中年男人说，小姑娘，看你年纪轻轻，心眼这么坏，还想讹我一辆自行车啊。这时候围观的人逐渐多了起来。鹿燕平拉着李丽的手说，走吧。鹿燕平费了好大的力气，才把李丽拉了出来。

直到上车，李丽还在生闷气。鹿燕平说三句，她也不回一句。第二天中午，鹿燕平就又去买了辆自行车，这次他没买新的，坐公交车上服装城后面的二手车市场，八十块买了一辆。骑了不到两天，车胎就爆了。去补胎的时候，修车的对他说，你买贵了，以后要买来我这里，五十块就给你弄辆一样的。他把车胎取出来，发现上面坑坑洼洼已经补过多次。鹿燕平只好出钱换了条车胎。李丽回家后，给鹿燕平打了个电话，她说，鹿燕平，都是因为我们没有钱。鹿燕平说，你说得对。李丽说，鹿燕平，我堂姐把咱们的事跟我妈说了。鹿燕平等了好一会儿，李丽才说出下文，我爸妈都不同意，嫌你家里没钱。叹了口气，李丽又说，鹿燕平，我妈这边我给对付，但你一定得争口气啊。你也别往我家里打电话，李丽最后叮嘱道，我给你打，不然让他们接上，又要数落我好几天了，我烦死他们了。

鹿燕平扫街扫了两天之后，老魏也开始扫街了。他们每天八点在单位签了到，然后就各自骑上自行车按计划路线行进。中午在路边摊随便吃点饭，接着继续扫。准备的灶具完全成了摆设，晚上回到家，有一次饭都没吃，鹿燕平想着，先躺一会儿吧，结果一睁眼，就早上七点多了。以前在学校，晚上怎么也睡不着。一度鹿燕平甚至以为自己得了失眠症。现在看起来，完全是体力活干得不够。一般隔个三两天，李丽就会给鹿燕平打次电话，她不再说家里的事。两个人聊聊各自的生活，考虑到电话费较贵，也不敢多说。李丽平时一些肉麻话是说不出口的，但在电话里就没有这个障碍。她不仅自己说，还逼着鹿燕平说。有时候老魏在，鹿燕平说不出口，李丽非得让他说出来不可，不然就别想挂电话。

4

李丽在家住了两个月。鹿燕平第一个月签了三个单，第二个月还是三个。工资都发到了两千多。老魏也差不多。现在老魏多了个习惯，每天晚上都会躺在床上，拿着纸笔，进行各种数学计算。鹿燕平发现，老魏的记忆力实在是好。当一个月结束的时候，他就那么斜躺着，嘴里念念叨叨，不一会儿就把从一号到三十号的收入与支出一点不漏地写在了纸上。不过这也得归功于他每天晚上的用功，他以每个月的一号为起点，每天晚上的计算都要回溯到一号。他对这项运动持久的坚持让鹿燕平的态度由不屑变成了佩服。老魏基本上一天抽一盒烟，他只买软包烟，这样晚上他就能把烟盒拆下来，在白色的一面进行计算。布满黑色数字的烟盒有一段时间遍布房间的各个角落。

他们现在已经习惯了这种高强度的生活，晚上不再是回家倒头便睡。睡意远没有刚开始那么浓了。老魏多了个爱好，去楼下的麻将馆打麻将，有时候一打就打到晚上十二点，星期六日往往会打个通宵。受他的影响，鹿燕平也开始打，不过他打的要小得多。一上大场，他的心里承受不了，得使劲控制住，手才不会抖。有一个星期日早上，老魏对鹿燕平说，燕平，借点钱给我吧。鹿燕平说，借多少？老魏说，一千吧。鹿燕平说，你的钱都去哪儿了？老魏说，这几天运气不好，昨天晚上几个小时就输了一千二，这几天一直输。鹿燕平把钱给了老魏，说，你还是别打那么大的。老魏说，小的没什么感觉嘛。当天晚上，老魏没有回来，鹿燕平知道，他肯定是去打麻将了。他想下去把这家伙拉回来，想了想还是没有去。不过他下决心，以后再也不借给老魏钱了。第二天一早，老魏回来了，从钱包里数出十张钞票，递给鹿燕平。鹿燕平刚接过来，他又递过来一张，这一百算是利息，老魏说。鹿燕平忍不住问，赢了？老魏说，好险的，第一圈我就输了八百多。接下来老魏从第一圈开始讲起，每把他是什么牌，别人怎么和的等等。他喜欢这么详细地讲麻将。鹿燕平是打过就忘。总之，到最后散摊时，老魏赢了三千八百多。

跟鹿燕平他们同一批进公司的业务员，现在就剩下了三个，其他人都走了，连续两三个月不出单，肯定会受不了的。总经理说，如果你连续三四个月都能出单，就说明你能干这行。鹿燕平他们算是经过了考验，过了试用期，底薪提高了三百，提成也比原来高了一些。鹿燕平算了一下，如果每个月保持三个单，就能拿到三千多的工资了。

生活没有原来那么拮据了，鹿燕平和老魏不约而同地抽起了十块钱的烟。之前去客户那里，从来没给人散过烟，五块钱的红河实在拿不出手。现在他们还在包里放了一盒芙蓉王，以备急需之时使用。

鹿燕平他们公司一个月会聚一次餐，第二个月开始，老魏每次都会喝得大醉。鹿燕平只好打上出租带他回家，下了出租还得背着他走，一回到家，鹿燕平全身就像被雨淋过似的，全被汗浸湿了。老魏躺上一会儿就会叫上一声鹿燕平的名字。鹿燕平问他，怎么了？老魏用很大的声音叹声气，就没有下文了。如此反复多次之后，老魏突然开始自言自语：我想胡彩萍啊，鹿燕平，我他妈想死她了。胡彩萍，胡彩萍，胡彩萍，胡彩萍。到后来，他几乎是用尽全力地喊了。鹿燕平喝得也不少，躺下他才发现，自己的头有些晕，在老魏的喊声中，鹿燕平突然就泪流满面，他发现自己正发出很大的抽泣声，他把枕头拿起来，使劲捂在嘴上，一点用也没有，他的喉咙发出了巨大的呜咽声，把身体都带动得颤动起来。

天气过了最热的时候，李丽也快回来了。鹿燕平给自己一个卖手机的客户打了个电话，花一千二给李丽买了部手机。还剩下差不多两千块，鹿燕平和老魏一人买了一辆电动车。他们觉得，这样扫街的速度能快上许多。买上后才发现，扫的还是那么多。不过不需要弯腰驼背地用力蹬了。晚上回到家，精力更加旺盛了。

5

鹿燕平的弟弟鹿东平今年参加了高考。鹿常在在电话里跟鹿燕平说，东平考得很差，你有没有什么办法？鹿燕平哭笑不得，他对鹿常在说，我一个小业务员，能有什么办法？鹿常在说，你打听打听，看看有什么学校东平能上的。王桂芳说，燕平，你以后可得帮帮东平，他不像你，从小学习就差，性格又内向，以后在社会上肯定吃不开的。鹿常在又抢过电话说，考得不好，东平心里肯定挺难受的，过几天，让他上你那去待一段时间啊，你好好开导开导他。鹿燕平说，我每天上班，哪里有时间照顾他。鹿常在说，钱我们给他带上，你就带他玩一玩就行了，东平还没出过门呢。

鹿东平比鹿燕平小三岁，初中复读了一年，高中复读了两年。有一次，鹿东平对鹿燕平说，哥，我真不想上学了。鹿燕平说，不上学你想干什么？鹿东平说，种地也行。

鹿燕平说，你以为谁都想上学啊。鹿东平说，坐在教室里，我根本一个字也听不进去。鹿常在以前也跟鹿燕平说过这个问题，他说，鹿东平如果真考不上，就送他当兵去。鹿东平不想当兵。所以，他只好再去复读了。

鹿燕平一直等着东平来，结果有一天鹿常在打电话过来说，东平上学去了。鹿燕平有点吃惊，那么点分数，去哪儿上？鹿常在说，有学校去东平他们学校招生，东平就去了。鹿燕平问，是个什么学校？鹿常在说，那学校在西安，是西安交大下设的一个学院，先读几年再说吧。鹿常在说，总得出去读点书嘛。鹿燕平说，那东平不来我这里了？鹿常在说，他不想去。鹿常在还说，现在这学校的学费比你那时候贵多了。鹿燕平上的是师范类院校，学费比别的学校少，一年刚两千七。不过，鹿燕平去交学费时，看见比他高两级的人的学费，刚九百块。鹿燕平当时想，如果我早出生两年就好了。

过了段时间，王桂芳打电话来，给鹿燕平详细讲了一番鹿东平去上学的事。一年学费六千多，加上生活费什么的，一年得一万。王桂芳告诉鹿燕平，家里只有两千，剩下的全是借的。舅舅那里多少，姑姑那里多少，姨姨多少，还有哪个村的会计等等，人数很多。王桂芳说，只要你们能读书，我和你爸砸锅卖铁都成。

也有个好消息，王桂芳说，你爸转正的事情有眉目了。鹿常在在乡政府是临时的，干了几十年了，每个月就三百块的工资。过段时间，就会有转正的消息传来，每次都不了了之。鹿燕平听到这个消息，根本没什么想法，他认为，这个事情是不可能的。王桂芳很兴奋，她给鹿燕平算了一笔账，转正后，鹿常在的工资最起码涨到两千，那么一年就有两万多的收入。她自己种地所得，应该能维持了他们两个人的生活，那么这两万多就能净落下来，除了供东平上学，也还能落下差不多一万。鹿常在还有六年才退休，现在家里欠债三万多，到鹿常在退休，就能把所有的债都还清。我和你爸也熬出来了，最后，王桂芳这么跟鹿燕平说，即使你结婚，我们再借点，退休后还有退休金，别人也愿意借给咱们。

说是不来，结果还是来了。鹿常在带着鹿东平在鹿燕平租的房子里睡了一晚，老魏只好找别的同事凑合了一觉。鹿燕平带着鹿常在和鹿东平在自己上班公司的楼下看了看。鹿常在问鹿燕平，你们单位有多少人呀？鹿燕平说，有二三百吧。鹿常在说，男的多还是女的多？鹿燕平说，男的要多一些。都多大年纪啊？鹿常在问。鹿燕平说，都跟我年纪差不多吧。在回去的路上，鹿常在对鹿东平说，你哥我已经不愁了，现在就剩下你了。下个月去了学校，要努力点，以后找个好工作。鹿东平嘴上黑乎乎的一片，说话很少。鹿燕平发现，半年多没见，他好像变了个人似的。最明显的，是身高突然蹿了一大截，比鹿燕平都要高了。下巴突然变宽，脸大了许多，浑身上下显得极不协调。他的长相突飞猛进地向鹿常在的那个方向发展，猛一看去，就好像另一个鹿常在站在你面前似的。鹿燕平试图和鹿东平多说点话，这也是他爸的授意，他爸的意思，这次带鹿东平出来，主要目的就在于，让鹿燕平给鹿东平做个榜样。鹿燕平却不知道该说点什么，他说一句，鹿东平应一句。

对于即将要去外地上学，鹿东平显得挺兴奋的，从他偶尔的言语中，可以看出这点。吃完饭后，鹿常在非要付钱，还跟鹿燕平拉扯了一番。鹿燕平觉得浑身难受，他一把推开鹿常在，把钱给了老板。此后几次吃饭，都发生了这一幕，鹿燕平说也不顶用，鹿常在仍然要重复一遍。

鹿常在问起了李丽，鹿燕平说她放暑假回家了。鹿常在问，你是怎么打算的呢？鹿燕平说，李丽还没毕业，等毕业了再说吧。鹿常在说，我觉得，你们还是一毕业就把婚结了吧，我和你妈也就又了了件大事。鹿燕平说，再说吧。躺在床上，鹿燕平怎么也睡不着。临走时，鹿燕平给了鹿东平五百块钱，他没当着鹿常在的面，鹿东平接过去后，鹿燕平又说，有什么事就给我打电话，没钱了就跟我说。鹿东平说，哥，你有钱了，也给爸妈寄点吧，他们这次借钱，很难的，有好几家不愿意借给咱家钱。鹿东平还告诉了鹿燕平一件事，前段时间，鹿常在鹿燕平他们堂哥家打麻将，差点被他堂哥给打了。鹿燕平想起，鹿常在在麻将桌上爱训人，肯定是因此而发生的。鹿东平说，是鹿常在说了堂哥他爸，堂哥才要打咱爸的。

6

李丽回来的那天，下大雨。鹿燕平早早地等在火车站，看时间还早，他在车站外转悠，不一会儿，看见了个诊所，他就进去了。这诊所很小，挂着什么祖传秘方，专治脊椎病腰椎病的牌子。诊所老板是个老头。在鹿燕平自我介绍的过程中，老头的目光从鼻梁上的眼镜上方直直盯过来，一言不发。本来以为没戏了，结果鹿燕平又说了不到五分钟，老头就跟他签了合同，并且当下就把钱给了他。鹿燕平把三千块放进自己包里，觉得今天运气真是好。他现在无论什么时候出门，谈业务需要的一套东西，全部放在包里。等回到车站，他才发现，自己的裤子已经湿了多半截，皮鞋里也进了水，袜子黏腻腻地粘在脚上。他和别的等着接人的人们站在车站外的凉棚下，突然感觉到，天冷了许多，在手机上查了一下，已经立秋一段时间了。

火车晚点了半个多小时，李丽看见鹿燕平的时候，显得有点吃惊。鹿燕平，李丽说，你怎么变这么黑了？鹿燕平说，黑了吗，我自己怎么没感觉？李丽说，真黑，又黑又干，快赶上非洲马拉松运动员了。等他们回去，两个人的衣服全湿了。老魏不在，这么大的雨，一时半会儿应该也回不来。脱光衣服后，李丽再次感叹，鹿燕平，你真瘦。衣服脱了之后，鹿燕平显得黑白分明，脸上除了眼镜那里，其他地方都黑。李丽笑了半天，鹿燕平接过镜子，对近了看，也忍不住笑了起来。

鹿燕平给老魏打电话，说晚上一起吃饭吧，李丽回来了。老魏说，我晚上不回去了，他问李丽在不在电话旁边，鹿燕平说不在。老魏对鹿燕平说，我在网上找了个已婚小妇女，晚上跟她睡一觉去。鹿燕平说，我操，这么大的雨。老魏说，我肯定是不回去了，你们自己吃吧。李丽说，在家做吧。鹿燕平说，我发现一家特别好吃的火锅，今天也不热，咱们去吃吧。

当天晚上，李丽没有回宿舍，这是他们第一次在一块过夜。两个人身上一股子火锅味，李丽让鹿燕平换了身衣服，然后把他们的衣服全洗了。雨一直没停，鹿燕平只好在房间里拉了根绳子，用来搭衣服。李丽又在床底下发现了鹿燕平的两条内裤、一双袜子。李丽一边蹲在地上搓衣服一边说，鹿燕平，以后结了婚如果你这么邋遢，我就把你赶出去。

鹿燕平感觉十分新奇，直到后半夜，两个人才睡着。第二天醒来，鹿燕平发现李丽把腿搭在自己身上，他没有动，盯着李丽看了半天。李丽没有说家里的事，鹿燕平也没问。

7

鹿东平是下午到的。鹿燕平说要去接他，他说不用了，他自己坐公交车来到了鹿燕平公司的楼下。鹿燕平看见鹿东平时，吃了一惊。鹿东平头发染红了，穿着一身牛仔，裤子膝盖那里还有两个大洞。当鹿燕平走近了，又发现鹿东平耳朵上戴着几颗闪闪发光的耳钉。鹿燕平本来想问问鹿东平为什么把自己弄成这个样子，但想了想，没问出口。他一直觉得这身装扮似曾相识，想了半天，终于记起来，原来不远处那个洗车行里的几个年轻人，都是这副打扮。鹿燕平去存车处把电动车骑了出来，由于刚下过的雪还没消，他骑得小心翼翼。鹿东平手里拿着两支点燃的烟，坐上后座时，往鹿燕平的嘴里塞了一支。鹿燕平问，你什么时候也开始抽烟了？鹿东平说，早开始了，以前没让你们看见而已。鹿东平用的是普通话，他的普通话又不太好，鹿燕平很不习惯。

鹿燕平以为鹿东平会每天待在家里的，他还想着抽空带他去玩玩。结果，当天晚上，鹿东平就没回来。九点多，鹿东平打了个电话过来，他说他住朋友那里。鹿燕平问，你哪里来的朋友？鹿东平说，是我以前的同学，现在在张城上学的，哥你就别管我了，我朋友多了去了，你该干什么就干什么吧。十多天的时间里，鹿东平只露了两次面，一次是来他们单位拿钱，他是和另外一个朋友来的，两个人一个红头发一个黄头发，事先也没跟鹿燕平打招呼，逢人就问鹿燕平。当鹿燕平看见这俩打扮得奇形怪状的人远远走来时，不禁感到十分害臊。鹿燕平问鹿东平，你要多少？鹿东平说，三百吧。鹿燕平给了他五百。还有一次，鹿燕平正睡觉呢，鹿东平回来了，这次又带了另外一个人，头发倒是没染，但十分长，又乱，好像好多天没洗了似的。鹿燕平躺着，听见两个人满嘴脏话地叽咕了好长时间，后来他就睡着了，也不知道他们什么时候走的。

老魏现在三天最起码有一天不回来，他对鹿燕平说，都快过年了，你还跑啊。确实，这个时间段不适合跑业务，去哪个单位，都说，开了年再说吧。鹿燕平也就松懈了下来，有一天，是星期三，他骑着电动车出了公司门，突然就不想跑了。于是就回家，那一天他在家待着，不到两个小时，就浑身难受，不知道该干什么好。这半年来，他几乎每天都在外面跑，还从没像现在这样什么事也不做的时候。他学着老魏，躺在床上算了会儿账，最多的一个月，鹿燕平签了五个单，其他月份，大都是三四个。平均下来，一个月能拿两千五，和老魏相比，鹿燕平要节省得多，老魏说他现在已经没钱了，就等着回家过年前发最后一个月工资。鹿燕平存了七千多，加上最后一个月工资，他就有一万了。他本来打算买个笔记本电脑的，有时候在家，客户打过电话来，需要上网查个东西什么的，没有电脑很不方便，但一想到，买了笔记本，存款就所剩无几，他总是下不了决心，拖来拖去，就拖到了这会儿。鹿燕平想，还是开了年再买吧。算完账后，鹿燕平又没事做了，他往李丽宿舍打电话，没人接。鹿燕平出了门，不一会儿就走到了麻将馆，现在他也算是麻将馆的老人了，老板给他找了桌。鹿燕平打得心不在焉，外边一群小孩子不停大叫，不时有鞭炮声传来，总能把人吓一大跳。

发了工资之后，公司就有人开始请假回家。鹿燕平早上下午签个到，其他时间要么在麻将馆，要么跟李丽逛街。只剩不到一个星期就要过年了。鹿常在打过几次电话，问鹿燕平什么时候回去，问东平怎么样。鹿燕平说，我再过几天吧，公司还没放假，东平和我一起回。有一天，鹿燕平回到家，发现老魏居然在。倒了大霉了，老魏跟鹿燕平说。怎么了？鹿燕平问。老魏说他把刚发的工资搞丢了，想来想去，只能是在公交车上丢的。老魏说，当时有个男的一直挨着他，他竟然一点也没想到是小偷。老魏说，燕平，现在我可以说是身无分文了，你可得借点让我过年啊。鹿燕平取了两千块，借给了老魏。

得知鹿燕平打算买电脑，鹿东平说，什么时候买不是买呢，我有个朋友，在电脑城卖，我现在带你过去，肯定能便宜的。鹿燕平说，现在卖电脑的就是宰熟客呢。鹿东平说，他敢啊？我初中同学呢。鹿燕平发现，鹿东平来张城不到十天，居然对张城如此熟悉。他在路上对鹿燕平说，走这边，这边近。果然真是条近路。电脑花了五千多块。鹿燕平租的房子，有房东接的宽带，一个月交三十块。一回到家，鹿东平就坐到了电脑前。鹿燕平问他，考试怎么样？鹿东平说，就那样。鹿燕平说，学校怎么样？鹿东平说，破学校。这样聊了一会儿，鹿东平突然丢开电脑，一本正经地对鹿燕平说，哥我想跟你说件事。鹿燕平马上就有不好的预感。鹿东平说，你得保证不告诉爸妈。鹿燕平说，好的。鹿东平说，我不打算上学了。鹿燕平尽量让自己心平气和，为什么呢？鹿东平说，那学校是假的，我们被人骗了。接下来他给鹿燕平解释了一番。原来那学校是私人租了几间房，搞的自考培训学校。鹿东平说，自考根本不需要交什么学费的，自己去考就行了，那学校就是个骗子学校。

鹿燕平问鹿东平，那你以后怎么办？鹿东平说，我打算做生意。你还去西安吗？鹿燕平问他。鹿东平说，去。鹿东平给鹿燕平讲了一番自己的计划，他准备和人合开一家冰激凌店，已经看好地方了，但是他还没确定到底什么时候开始干，因为到明年暑假，他打算回老家搞次招生，也就是像别人骗他那样，再去骗更多的人。鹿东平还告诉鹿燕平，他和几个跟他一样被骗的学生，找到了那个骗子，骗子答应给他们联系学校。西安这样的学校很多的。

如果开冰激凌店，得有六万的本，他们三个人，每人两万，选的地方是大学城附近，人流量不成问题的，再加上他们用的是一家酒吧的场地，酒吧的顾客也不少，大概半年就能把本回来。而搞招生，一个能分三千块。鹿东平很乐观，他觉得自己最起码能招十五个左右。你和嫂子如果今年年底结婚的话，鹿东平说，我到时候赞助你们一笔。

8

鹿燕平给鹿东平买了个一千多的手机，自己买了一身西装，原来那件风吹日晒，再加上质量不好，已经变色缩水了。到踏上回家的火车时，鹿燕平总共只剩下一千多块。他们出发时，天又下起了大雪。鹿燕平看着窗户外白茫茫的一片，偶尔经过的小村庄，全都缩在山窝里，一路上，人影罕见。火车走了差不多八个小时。

王桂芳早已准备好饭菜。大家围在饭桌前，一边吃一边聊天。鹿常在问了一番鹿燕平的情况，鹿燕平拣好的说。

鹿常在问鹿燕平，你跑业务是怎么跑的？鹿燕平讲了自己骑自行车跑业务的经历。鹿常在和王桂芳出神地听着。他们极力想弄清楚鹿燕平的工作到底是什么样子的。鹿燕平告诉他们，他所在的公司是中国最大的网络搜索引擎在本省的总代理。但他们对网络一无所知。鹿燕平想了想说，就好像报纸似的，我去找企业在我们报纸上登广告。鹿常在问，那你们公司利润怎么样？鹿燕平说，好得不得了。鹿常在对鹿东平说，听见了吧，挣钱是要吃苦的，过几年毕业了你就知道了，你得吃苦，就像种地一样。鹿东平说，我知道。鹿常在说，你知道还不好好学习，如果能像你哥一样上个正儿八经的大学多好。鹿东平说，你就别说我了。鹿常在说，不是说你，是要你像你哥学习，这次你也去你哥那待了一段时间，有什么感想没有？鹿东平说，爸，你能不能别说了？

吃过饭后，鹿燕平走出家门，月光落在雪上，四周一点声音也没有。回过头，发现鹿常在和鹿东平也出来了，鹿燕平取出烟来，一人点了一支，天还是挺冷的，风顺着河道呼呼地刮着。他们一边跺着脚，一边抽烟。鹿东平只穿了个保暖，外面的衣服也是走风漏气的。鹿燕平本来想给他买件羽绒服的，但试了好多件，鹿东平都不愿意买。

鹿燕平问鹿东平，冷吗？鹿东平说，不冷。鹿东平脸上起了许多的青春痘。他突然跃上围墙，跳了下去，把鹿常在给吓了一跳。东平，你干什么呢你？鹿常在叫道。鹿东平没有回应，他朝下面的公路跑去，很快就跑出了老远，边跑还边大喊。

燕平，鹿常在说，你得看着点东平，要好好地引导他，你妈老担心他走上歪路。鹿燕平说，怎么可能？东平怎么可能。哥！鹿东平的叫声传来，你也下来跑跑吧，太爽了。下去吧？鹿燕平问鹿常在。鹿常在说，行。他们小心翼翼地下到了公路上，看见鹿东平距离他们有半里之遥。他们踏着雪朝他走去。

一气走了差不多二里路，远远地看见邻村点点的灯光了。他们再次站住抽了支烟。这一路，鹿常在一直讲村里的一些事，谁死了，谁改嫁了，谁在煤矿受伤了。

站了一会儿，王桂芳的电话打到了鹿常在的手机上。鹿常在接完后说，回去吧，你妈叫了。看样子，王桂芳已经洗完碗筷，并且把吃饭的桌子都收拾干净了。鹿东平把鹿常在的手机要了过去，摆弄了一会儿说，爸，我把我哥给我买的手机跟你的换了吧，你这个太破了。鹿常在说，我的能用就行，我就是打电话，别的什么也不干。

在回去的路上，鹿常在对鹿东平说，东平，你在外面可得小心点，不要每天咋咋呼呼的。鹿东平说，我哪里咋咋呼呼的了？鹿常在说，跟你说正经的，你别老是打岔。鹿东平就不说话了。鹿燕平突然想到，鹿东平不打算上学的事，他不禁为此事感到发愁。

9

第二天一大清早，鹿燕平就听见他爸妈在院子里忙活，扫雪。鹿燕平按照往年的惯例，等着父母叫他。意外的是，不仅没人叫他，在经过他睡觉的窗前时，还故意蹑手蹑脚。鹿燕平觉得有点心虚，就起来了。起这么早干什么？王桂芳说，再回去睡睡。鹿燕平声称自己睡得很好。这时候，鹿东平担着箩筐回来了。鹿燕平抢过扁担，说自己来。鹿东平说，你能担动？鹿燕平说，开什么玩笑。鹿燕平送了一担雪，就歇下来了。他干不动。

吃过饭，鹿常在去上班了，他上班地方距家有十里地，得坐小班车。鹿燕平蹲坐在火炉边。鹿东平说找他同学玩去了。王桂芳一边洗碗刷锅，一边给鹿燕平讲事。和鹿常在的重点完全不同，王桂芳讲得具体细致。有一部分和鹿燕平的同学相关，就是和鹿燕平一起上初中小学的那些人。王桂芳问鹿燕平，和这些人有联系没有？鹿燕平说，没有。前些天鹿学峰还来咱家，问你回来没有。这些人大都没继续上下去，初中毕业后就回家了。也有少部分上了中专高中，现在还在老家。王桂芳的重点是，这些人的婚事，谁谁谁找的谁谁谁，谁谁谁已经生孩子了，意思是：鹿燕平该结婚了。王桂芳还讲道，谁谁谁拦路抢劫，住监狱去了。有一个和鹿燕平一样上大学的，王桂芳说，人家找了个关系，进了煤炭设计院。鹿燕平说，那挣不了几个钱的，事业单位。

　　不到中午，鹿常在就回来了，手里抱着一箱酒。他对鹿燕平说，以前你上学，和村里的人来往不多，现在参加工作了，应该改变一下，找个时间，把大家都叫上喝个酒。鹿燕平说，好。鹿常在说，我买的酒比他们的好，三十多块一瓶，他们就喝点十来块的。除了酒，还有肉、蔬菜等。鹿燕平帮忙一起往东屋搬。鹿常在说，还有你那些同学，也能叫他们来家喝点。这几条烟，是别人给我的，他还说，你跟东平没烟了就抽这个。午饭时，鹿常在说，他转正的事有了确切消息，开了年大概就能办了。王桂芳说，你听谁说的？鹿常在说，镇长亲自跟我说的，县里发了个文件。

这个消息让大家都有点兴奋起来。转正后工资两千，还要补几年的。

吃过午饭，鹿常在打起了麻将。王桂芳也打麻将去了。鹿燕平给李丽打了个电话，这几天他们只是短信往来。李丽说，她家里正在托关系给她找工作。她有个亲戚在教育局，她家人送了三万给他，让他打点，看能不能安排进哪个学校。鹿燕平说，难道你打算回老家？李丽说，还不定能弄成不能，这种事，我又不能拦着我爸妈，弄成了也是个好事啊。鹿燕平说，弄成了咱们怎么办？李丽说，你那工作又不是什么正式工作，我先稳定下来，你再想办法嘛。鹿燕平想了想，这事情还远着呢，也就没有继续讨论。挂了电话之后，鹿学峰的电话就打过来了。鹿学峰也在张城待过，上的是中专。鹿燕平去张城读书的时候，鹿学峰已经毕业，他们很少联系。只吃过一次饭，当时鹿学峰正值毕业时，说的全是工作的事。鹿燕平刚上大学，对这一点毫无兴趣。再说，他觉得对方上的中专和自己不能相提并论。鹿学峰毕业后开了家理发店。鹿燕平去看过一次，但之后也再无联系。鹿学峰在电话里对鹿燕平说，我从你妈那拿的你手机号，过来喝酒吧。

鹿燕平赶过去的时候，才发现是一堆人。有些人的面孔已经陌生得让他想不起对方的名字了。但经过提醒，马上又能回忆复活。鹿学峰是组织者，这也算是一次小型的同学聚会。鹿燕平问鹿学峰，现在干什么呢，理发店生意怎么样？鹿学峰说，理发店早不开了，现在我就是混。听说你发大财了！鹿学峰说。鹿燕平说，怎么可能，你听谁说的。鹿学峰说，你妈说的，一个月工资四五千了你？鹿燕平说，挣多少也不够花。

在这个过程中，鹿燕平老是想着李丽的话，他喝得很快，中间出去上厕所时，竟然对着茅坑吐了起来。喝完后打麻将，打了一圈，鹿东平突然来了。他站在鹿燕平后面看了一会儿，说，哥，我给你打吧，你打得也太臭了。鹿燕平躺在床上，头昏昏沉沉。他用被子把头蒙上，不由自主地就拿出了手机，给李丽拨电话。鹿燕平对李丽说，我喝醉了。李丽说，喝吧你。鹿燕平说，我想跟你说话。李丽说，那你说啊。鹿燕平说，你能不能不要回老家。李丽说，鹿燕平，你别给我发神经，我讨厌你这副样子。鹿燕平说，我什么样子了？李丽说，你喝点酒就不认识自己了啊，你凭什么命令我。说完就把电话挂了。鹿燕平再打过去，她就不接了。

鹿燕平被人推醒的时候，天已经快黑了。麻将散摊了，鹿东平把鹿燕平拽起来，你没事吧？鹿燕平感觉了一下，好像没事了。但出门刚下到公路上，鹿燕平就不行了，他再次吐了起来。鹿东平拍着他的背。就这样走一会儿，吐一会儿。用了四十多分钟，才走完二里路。

大年三十的时候，有个同学来找鹿燕平。他想让鹿燕平和他一起开家旅行社。很明显，他对鹿燕平已经有过了解。他说，咱们这里还没有旅行社。你在外面跑业务，可以打听打听，咱们弄一个，肯定能弄到钱的。鹿燕平没有答应。他对这件事情一点兴趣也没有。

大年初三，鹿燕平就想走了。他急切地想回到张城去，在家里待得六神无主。尽管他知道，回到张城以后也见不着李丽，也是孤零零的一个人，但他就是想走。鹿燕平对鹿常在和王桂芳说，单位有事，得早点回去。鹿常在打电话问了一下小班车，初四才有第一趟。大年初四早上，鹿燕平坐上车，回了张城。

10

鹿燕平正打算掏钥匙，门突然开了，把他给吓了一跳。老魏，你怎么在啊？鹿燕平问。老魏说，你等一下，说完就把门又关上了。过了足足有七八分钟，老魏才再次把门打开。燕平你怎么回来这么早？老魏一边说，一边替鹿燕平提了个包。鹿燕平进去，才看见还有个女的。老魏给鹿燕平介绍道，这是胡梅。胡梅说，你好。鹿燕平连忙说，你也好你也好。坐了几分钟，胡梅说，要不我先走吧。老魏说，那你先走。老魏也没去送，胡梅自己走掉了。

你女朋友？鹿燕平问。老魏点了支烟说，不是不是，人家有男朋友的。老魏告诉鹿燕平，他本来打算回家过年的，结果走前在网上认识了胡梅。他夸张地揉着自己的腰说，燕平，这几天除了吃饭，我就没下过床，怎么样，这姑娘不错吧？鹿燕平嘴上说，挺好挺好。确实挺好，好到让鹿燕平都有点嫉妒了。鹿燕平问老魏，你父母同意啊，你都一年没回去了。老魏说，我说不回就不回，跟他们有什么关系？鹿燕平说，其实回家也没什么意思。老魏说，是啊。

过了一会儿，老魏的电话响了。老魏没接，对鹿燕平说，燕平，我受不了这个女的了，我得想办法赶紧把她甩掉，你等着我，咱们中午一起吃饭啊。鹿燕平说，你还是好好陪陪人家吧。老魏一边穿外套一边说，我也想陪，但是体力不行啊。

自从上次酒后，鹿燕平就再也没给李丽打电话了。李丽也没给他打。鹿燕平拿出手机，想了想，给李丽发了个短信，问，你在干什么？李丽回过来说，没干什么。鹿燕平说，我回张城了。李丽说，哦。鹿燕平真想把手机砸到地上去，他狠狠地踢了面前的凳子一脚，凳子翻滚着撞在了墙上。鹿燕平躺在床上，鼻子有点发酸。

鹿燕平胡思乱想了一番，好像每次李丽一回家，就变成了另外一个人似的。

本来李丽应该正月十七回来的，结果她没有回来。鹿燕平忍不住给她打电话，她说，工作的事情有点眉目了，这几天她需要去见见某个领导。鹿燕平说，能弄成吗？李丽说，应该能吧。鹿燕平说，那挺好的。李丽说，那就这吧。说完把电话挂掉了。

过了一个星期，鹿燕平下班回家，看见李丽在家门口站着。鹿燕平问她，啥时候回来的？李丽说，刚刚下车。鹿燕平一边开门一边扭头看李丽，李丽用手勾了一下他的腰。一进门，李丽就抱住鹿燕平，扳着脑袋亲他。做完爱后，李丽说，怎么样？鹿燕平抱住她说，挺好的。

他们没有谈到李丽的工作，也没有谈过年时两个人的电话。鹿燕平有几次想张口，但又没说出来。他们又恢复了原来的状态。鹿燕平最近运气好得不得了，单一个接一个地签。有一天，他突然想起刚进单位在电话里大骂自己的那个人，那是一家彩妆培训学校。这次他没有打电话，直接骑车过去了。没想到，这一次谈得也十分顺利。到月底，鹿燕平一共签了五个单，达到了来单位的最好成绩。其中竟然有三个都是培训学校。鹿燕平感觉，培训学校的单特别好签。并且，根据反馈，培训学校在他们公司做广告，效果特别好。每个月消费的点也特别多。鹿燕平决定，以后要把主要精力集中在培训学校上。

工资加续费提成，鹿燕平拿到了五千八百多。

有一天，老魏请鹿燕平吃饭。他对鹿燕平说，自己要离开公司了。鹿燕平问他，为什么？老魏说，到时候再告诉你，这事情只能等我离开公司再告诉你。鹿燕平问，你什么时候走？老魏说，说不准。吃完饭回去的路上，老魏又对鹿燕平说，我刚才是瞎说的，你可别当真。鹿燕平说，我操，到底什么是真的什么是假的？老魏说，刚才我跟你开玩笑，我能去哪儿啊？鹿燕平说，妈的，吓我一跳呢，上次那女的呢？老魏说，早不联系了，人家回家去了。

回去后，老魏又说，我告诉你个真消息。鹿燕平说，你今天怎么回事？老魏说，燕平，我要结婚了。鹿燕平说，谁信啊。老魏说，是真的要结婚了。鹿燕平说，跟谁？老魏说，你没见过的女的。老魏说，哥们以后不乱了，一心一意跟老婆过日子。鹿燕平根本不相信他的话。

老魏只签了两个单，鹿燕平要抢着付账，被老魏给死活推开了。

老魏躺在床上，给鹿燕平讲了起来。他说，这半年多，他最起码跟二十个女的上过床。他说，上次那个胡梅，不是张城的，正月十六已经结了婚了。老魏越讲越详细，他说有个女的，也是学生，每次跟他做爱的时候，都要打嗝。还有个女的，都五十多了，老魏去她家，墙上挂着她女儿的结婚照。到了半夜，她女婿突然回来了，吓得老魏跳窗逃走了。老魏突然拿出手机，找出一个视频，鹿燕平一看，竟然是老魏跟一个女的做爱自拍。老魏告诉鹿燕平，这是他偷偷拍下来的。搞女人太花钱了，老魏跟鹿燕平说，你以为我的钱都是输掉的，其实输的只是一小部分，剩下的全是请女的吃饭、开房花掉的。那个老女人，老魏说，我后来又去找过一次，第一次没感觉，第二次去了就觉得恶心。实在是提不起兴趣，勉强搞了一次，老魏再也待不下去了。老女人给老魏讲她原来和个司机的故事，为什么跟一个人好好的，每次搞都很爽，有一天，那个人突然就不找她了？老魏说，我得回去了，有点事。老女人说，你知道我找一次机会多难吗？好不容易女儿出去玩，才有个机会，你这样走太不道德了。老魏说，不是已经搞过一次了吗。老女人说，你走可以，但是得给我钱。老魏吃了一惊。老女人说，你放我鸽子，必须给我补偿。老魏说，多少钱？老女人说，一百吧。老魏从包里掏出一百，给了老女人，然后赶紧离开了。

鹿燕平说，我操，你活得可够丰富多彩的。

11

到六月份，鹿燕平一共签了十五家培训学校，这还是后来别的业务员跟进，抢走了许多单，不然他把这个行业给吃下来，绝对不是一笔小数目。到李丽拿毕业证时，鹿燕平有了两万多的存款。鹿燕平在网上查了一番房价，均价三千块，好一点的地段都五千多，如果买个一百平方米的房子，即使做首付，他的钱也还差得多。鹿燕平想，那就再等等吧。

不过鹿燕平并没有跟李丽说自己有多少钱。李丽托人找工作的事，直到毕业还没确切消息。找的关系说，再等等吧，这事情急不得。这些情况都是李丽主动告诉鹿燕平的，但是她确信，自己的工作肯定能解决掉。她和别人一样，开始找工作了。先干着，等那边有了消息再说。

鹿燕平跟老魏说，他打算和李丽住到一块去。老魏说，那你就住咱们原来那里吧。那你呢？鹿燕平问。老魏说，我不住了。老魏已经很久没有回来睡了，每个月拿房租的时候，鹿燕平都觉得有点不好意思。这样恰好。李丽就搬了进来。她一进来就让鹿燕平和自己进行了一次大扫除。在老魏的床底居然发现了四个用过的避孕套。真想不到，这么一间小房子，可以有这么多垃圾。

李丽还去买了两块窗帘布，弄了几张画。换了窗帘，贴了画之后，房子里显得焕然一新。

天气又热了起来。有一天，鹿燕平和李丽一起逛超市，看到特价的电风扇，就买了一台，刚二百多。不知道为什么，买完后鹿燕平觉得意犹未尽，就又买了台洗衣机，八百多，双筒的。回来后才发现，洗衣机在这房子里根本没法儿用，水龙头是一层楼共用一个，十几户人。洗衣机又大，搬来搬去的很麻烦。李丽对鹿燕平说，我发现你现在毛里毛躁的，买东西就不想想啊。鹿燕平没有说话，当天下午路过超市，他就又买了个单筒的小洗衣机。一只手就拎回家了。还挺好用。李丽说，把那个双筒的退了吧。鹿燕平说，这还能退呀。李丽说，当然能退。鹿燕平说，我不去，要退你去退去。结果那洗衣机就放在家里了。

鹿燕平发现，自己现在买东西确实有点欠考虑，比如上星期买了个包，花了八百多块。其实完全没必要。他还添置了几件衣服，花了小两千。

李丽说是说，但鹿燕平买东西的时候，她并没有阻拦。她过生日的时候，鹿燕平花两千多给她买了个玉镯子。几乎每个星期都要去商场逛逛。鹿燕平说，你最近找工作，得买几件像样一点的衣服，结果一买也买了两千多。不过确实，李丽换了装扮之后，显得比原来漂亮了许多。李丽对鹿燕平说，等我挣了工资，把钱还给你。鹿燕平听到这话，觉得别扭伤心。不过李丽也就是刚开始说说，后来也就不提了。

李丽终于找到了工作，在一家私立幼儿园当老师，试用期一个月五百，过了试用期一个月一千二。在李丽的同学中，这工作不算坏了。结果干了两个月，李丽就不想干了，她说，别人合伙欺负她，再说一个月挣的钱也太少了。我就是捡垃圾，一个月也不止拿五百块吧。恰好鹿燕平有个医院的客户，想找一个网络编辑，一个月开一千八，因为是鹿燕平介绍，不需要什么试用期。李丽就去了。李丽说，要不我也去你们单位吧。鹿燕平想了想，让李丽跑业务，有点不太可能，那只能做前台了，一个月也拿不了多少，再说两个人在一个单位，感觉比较别扭。就没答应。这次李丽干得还不错，工作也比较轻松，就是从别的网站复制点东西，放到自己网站就行。李丽的第一个月工资，也用来买衣服了，她这次买的是套装，看上去一副小白领的模样。才几个月，你已经看不出李丽身上的那股子学生味了。原来鹿燕平买衣服，李丽的意见不多，现在就多起来了。她说，鹿燕平的衣服都不便宜，但效果并不好，因为鹿燕平的眼光太农了，买的东西都土了吧唧的。

　　房东有一天找到鹿燕平，告诉他，下个月房租要涨八十。鹿燕平说，这一下也涨得太多了吧。房东说，这还算多啊，别的家早涨了，因为你是老住户，我才没涨的。李丽说，要不咱们搬了算了。鹿燕平还真没想过搬家，不过李丽一说，他马上就觉得是个好主意。他们决定，不再在城中村住了，要去找一个那种单元楼。鹿燕平在网上查了查，两室一厅一个月大概得五百块。其实也没多少，李丽说，我也给负担一些。鹿燕平说，你算了吧。李丽就一个要求，要铺地板的，不论什么地板都行，不要那种水泥地。你不知道，李丽跟鹿燕平说，我一看见水泥地就觉得辛酸。

没想过搬家的时候，住得好好的，一起了这个念头，竟然连一天也等不及。看了两个中午的房，鹿燕平和李丽就订下来了一家。小区有些老，但是房子挺好，刚五十平方米，结构十分合理，带厨房带卫生间，一点都不浪费。客厅铺的是蓝色的大理石地板，两个卧室是木地板。当天晚上下班后，他们就搬过去了，还下着小雨。鹿燕平叫老魏来帮忙，结果没来。鹿燕平和找来的小货车司机两个人搬了半个多小时，才把东西全部放到车上。平时不觉得东西有多少，一搬家竟然有这么多，实在让人意外。

一路上，鹿燕平一直担心，司机给盖的塑料布被风给吹掉，那些被褥什么的就湿了。还好，到了之后发现，塑料布还好好的。用了两个多小时，鹿燕平和李丽才收拾了个大概。两个人都兴奋得不得了。房子里自带了两张床，一个特别大的衣柜，还有煤气灶、抽油烟机。李丽把衣柜打开，对鹿燕平说，这一半归你，这一半归我。鹿燕平说，好，睡吧。李丽说，你睡吧，我还要收拾。到了两点多，鹿燕平醒来，发现李丽正在厨房擦煤气灶。

鹿燕平爬起来，过去一看，本来黑漆漆的煤气灶，现

在变得明晃晃的，都能映出人的脸了。外面的雨噼里啪啦
地打在窗户上。